少儿视频版

千家诗

全鉴

[宋] 谢枋得／编

东篱子／解译

中国纺织出版社有限公司

内 容 提 要

　　《千家诗》是宋代谢枋得编选带有启蒙性质的诗歌选本，与《三字经》《百家姓》《千字文》并列为民间最受欢迎的蒙书，有"三百千千"之称。因为它所选的诗歌大多是唐宋时期的名家名篇，易学好懂，题材多样，对少年儿童学习、背诵唐宋诗歌，了解唐宋诗歌的艺术特色，提高传统文化的修养有很大帮助，所以在民间流传非常广泛，影响也非常深远。书中以二维码的形式加入适合少儿观看的、与书中内容相配套的讲解视频，使广大少年儿童可以在轻松愉悦的氛围中，赏读中国诗词文化的精粹。

图书在版编目（CIP）数据

　　千家诗全鉴：少儿视频版／（宋）谢枋得编；东篱子解译. --北京：中国纺织出版社有限公司，2021.5
　　ISBN 978-7-5180-7743-4

　　Ⅰ. ①千… Ⅱ. ①谢… ②东… Ⅲ. ①古典诗歌—诗集—中国—少儿读物 Ⅳ. ①I207.22

　　中国版本图书馆CIP数据核字（2020）第145074号

责任编辑：段子君　　责任校对：高　涵　　责任印制：储志伟

中国纺织出版社有限公司出版发行
地址：北京市朝阳区百子湾东里 A407 号楼　邮政编码：100124
销售电话：010—67004422　传真：010—87155801
http://www.c-textilep.com
中国纺织出版社天猫旗舰店
官方微博 http://weibo.com/2119887771
佳兴达印刷（天津）有限公司印刷　各地新华书店经销
2021 年 5 月第 1 版第 1 次印刷
开本：710×1000　1/16　印张：10
字数：128 千字　定价：29.80 元

　　中国古代诗歌源远流长，先人们运用其智慧与才气，为我们留下了一笔又一笔的精神财富。《千家诗》就是在此基础上诞生而成的，并成为明清两代最流行的蒙学读本之一。

　　《千家诗》作为古代教育孩童的启蒙读物，自成书以后，在民间广为流行。因其所选的作品大多是唐宋时期的名家名篇，易学好懂，题材多样，所以影响极其深远，并以其自身独有的特色，发挥了对少儿文化启蒙的重要作用。

　　《千家诗》总共有两百余首，分为五绝、七绝、五律和七律，内容涉及山水田园、赠友送别、思乡念家、追古怀今等多个方面，其作品韵律和谐，意境优美，读起来朗朗上口。尤其是一些充满生活趣味和儿童情趣的诗篇，好读好记，深受儿童喜爱。

　　例如七绝《花影》一诗，"重重叠叠上瑶台，几度呼童扫不开。刚被太阳收拾去，却教明月送将来。"全诗读来极富少儿情趣。意思是地上的花影一层又一层，一直被照射的光芒送到亭台上，让人把这些花影扫去，扫了几次都扫不掉。白天太阳照着始终有影子，等到夕阳落山后，好不容易没有花影了，可是月亮一升起，花影又重重叠叠地涌现在人的眼前。

　　这首诗是带着童稚的目光看待光和影的奇妙，试图扫去花影，而现实中的成人是不可能去扫花影的。关于此诗中蕴含的所谓小人难除的寓意，

我们或许大可不必去介意小朋友能否理解，而是让他们可以借着诵读这首诗，带着童真的目光，在光影之间，学会细致地去观察生活中一些有趣的现象，由此丰富自己的内心。

毋庸置疑，中国自古以来就很重视少儿启蒙文化教育，注重传承启蒙经典，对少儿进行国学的浸透与熏陶意义重大。鉴于此，我们精心编写了这本《千家诗全鉴》，书中设置了注释、译文和赏析等版块，对每首作品进行通俗易懂、深入浅出的讲述，并对生僻字注音，非常适合少年儿童的阅读需求。

愿本书能为传承和弘扬少儿启蒙文化提供切实而良好的帮助！

编者
2020 年 6 月

目录

卷一 五言绝句

卷二　五言律诗

卷三 七言绝句

卷四 七言律诗

卷一

五言绝句

春 晓①

孟浩然②

原文

春眠不觉晓③，处处闻啼鸟④。

夜来风雨声，花落知多少。

注释

① 春晓：诗题一作《春晚绝句》。

② 孟浩然（689—740），唐朝著名诗人。襄州襄阳（今湖北襄阳）人，世称孟襄阳。早年隐居鹿门山。年四十，游长安，应进士不第，返回襄阳。其诗以五言诗为主，多写山水田园和隐逸等内容，诗与王维齐名，并称"王孟"。有《孟浩然集》三卷传世。

③ 眠：睡觉。晓：拂晓，早晨。

④ 处处：到处。闻：听到。

译文

春天里的觉真好睡，不知不觉天就亮了，醒来后，到处都能听到悦耳的鸟叫声。

昨天夜里风吹雨打的声音一直不断，不知吹落了多少娇美的花儿。

赏析

这首诗是诗人早年隐居于鹿门山时所作。鹿门山，位于今天的湖北省

境内，据说是名人高士的隐居之地。当年东汉名士庞德公曾在此隐居，靠采药为生，一直没有再下山。

　　诗人抓住春天早晨里刚刚醒来的一瞬间展开描写和联想，生动地表达了诗人对春天的热爱和对落花的怜惜之情。此诗没有采用直接叙写眼前春景的一般手法，而是通过动用听觉，让人去联想美好的景色。全诗意境优美，富有情趣，读起来朗朗上口，相信几乎所有的少儿都能脱口而出地流利背诵。

洛中访袁拾遗不遇①

孟浩然

原文

洛阳访才子②，江岭作流人③。
闻说梅花早④，何如此地春⑤。

注释

① 洛中：指洛阳。拾遗：古代官职的名称。

② 才子：有才华的人，此指袁拾遗。

③ 江岭：江南岭外之地。岭，这里指大庾岭，位于今广东、江西交界。
流人：被流放的人，这里指袁拾遗。

④ 梅花早：南方气候温暖，梅花早开。

⑤ 此地：指洛阳。

译文

到洛阳来是为了拜访才子袁拾遗,没想到他被流放到大庾岭之地。

听说那里的梅花开得早,可是怎能比得上洛阳的春天更美好呢?

赏析

这是一首精练而含蓄的诗作。从诗中可知,孟浩然特意来洛阳拜访朋友袁拾遗,不料听到的却是好友被流放到江岭之地的消息。由此感慨万千,所以诗中包含了相当复杂的情绪,既有不平,也有伤感,足见二人情谊深厚。

诗人通过写袁拾遗被流放的江岭气候温暖、梅花早开的景象,由物及人,以物寄情,含蓄地表达了他对朋友的思念和牵挂。同时诗人巧妙地用景物与人物的心情相比,写出虽然江岭景物美好,但毕竟不是袁拾遗的故乡,无法排解他对家乡的思念之情。这种体会朋友的心情,又一次巧妙地表达了自己对他的牵挂,殷殷之情,真挚深厚。

独坐敬亭山①

李 白②

原文

众鸟高飞尽,孤云独去闲③。

相看两不厌④,只有敬亭山。

注释

① 敬亭山:在今安徽宣城市北。

② 李白（701—762），字太白，号青莲居士。祖籍陇西成纪（今甘肃秦安），五岁时随父迁居绵州昌隆（今四川江油）青莲乡。二十五岁离蜀，长期漫游各地。天宝年间被诏供奉翰林。"安史之乱"中，曾入永王李璘幕府，因败牵累，流放夜郎。中途遇赦东还。晚年漂泊困苦，卒于当涂。其诗风雄奇豪放，想象丰富，语言流转自然，音律和谐多变，善于从民歌、神话中汲取营养和素材，构成其特有的瑰玮绚烂的色彩，达到了浪漫主义诗歌艺术的高峰，被后人誉为"诗仙"。

③ 独去：独自去。闲：形容云彩飘来飘去，悠闲自在的样子。

④ 两不厌：指诗人和敬亭山而言。厌，满足。

译文

山中的群鸟高飞远去，无影无踪，苍茫天空中的一片孤云自在悠闲。

我与敬亭山相对而视，相互久看不厌，看来懂得我内心的只有敬亭山了。

赏析

这首诗大约作于唐玄宗天宝十二年（753）秋，当时李白仕途失意，在长安对朝政极度失望，并预感到将有动乱发生。于是他离开长安，来到宣城。在怀才不遇和看透世态炎凉的孤寂中，他独自一人，步履蹒跚地爬上敬亭山，触景生情，写下了这首千古绝唱。

此诗表面是写独游敬亭山的情趣，实则是借景抒情，表达了诗人生命历程中旷世的孤独感。诗中用浪漫主义手法，将敬亭山拟人化，而达到感情上的融合交流。由此能让我们感知，诗人越是写山的"有情"，越是表现出人的"无情"；而他那横遭冷遇、寂寞凄凉的处境，也就在这静谧的场面中显露出来。

可以说，这首诗的写作目的不是赞美景物，而是借景抒情，借此地无言之景，抒内心无奈之情。

登鹳雀楼①

王之涣②

原文

白日依山尽③，黄河入海流。

欲穷千里目④，更上一层楼⑤。

注释

① 鹳雀（guàn què）楼：旧址在山西永济县，楼高三层，前对中条山，下临黄河。传说常有鹳雀在此停留，故有此名。

② 王之涣（688—742），字季凌，蓟门人，一说晋阳人，任衡水主簿，后遭人诬陷，辞官归里，曾漫游黄河南北，到过边塞。晚年出任文安县尉，廉洁清白，死于任所。他是盛唐著名诗人，尤善五言诗，当时已负诗名，《凉州词》被后人推为唐人绝句压卷之作。诗作多散佚，《全唐诗》录诗六首。

③ 白日：太阳。依：依傍。尽：消失。

④ 欲：希望、想要。千里目：眼界宽阔。

⑤ 更：再。

译文

夕阳依傍着山峦慢慢沉落，滔滔黄河之水朝着大海奔腾东流。

若想放眼瞭望千里风光，那就要登上更高的一层楼。

❧ 赏析 ❧

　　鹳雀楼，又名鹳鹊楼，据《大清一统志》记载，楼的旧址在山西蒲州（今永济县，唐时为河中府）西南。这首诗写诗人在登高望远中表现出来的不凡的胸襟抱负，反映了盛唐时期人们积极向上的进取精神。诗的第一句写诗人登上高楼，放眼远望，所看到的远山之景；第二句视线聚焦于眼前，写黄河之水奔腾东流的近景。尤其后两句，于所想中发表议论，既翻出新意，又与前两句的写景承接得自然紧密，从而把诗意引入更高的境界，展示了更大的视野，成为千古传诵的名句，使得这首诗成为千古绝唱。

春 怨

金昌绪①

原文

打起黄莺儿②，莫教枝上啼。

啼时惊妾梦③，不得到辽西④。

注释

　　① 金昌绪（生卒年不详），唐代诗人，唐代余杭（今浙江杭州）人，仅存诗《春怨》一首。

　　② 打起：赶走。

　　③ 妾（qiè）：古代女子对自己的谦称。

　　④ 辽西：东北辽宁省等地。

译文

我敲打着树枝，把树上的黄莺儿赶走，不让它在树上乱叫。

它清脆的叫声惊扰了我的好梦，害得我梦不到那远征辽西的郎君。

赏析

这是一首思念夫君的诗。诗中选取了一位少妇日常生活中一个饶有趣味的细节进行叙述，从正面看似乎在写儿女之情，实际上却是在写征妇之怨，有着深刻的时代特征。

诗中描绘了一幅生动逼真的春闺怨妇图：春光美好，黄莺儿的叫声又是悦耳动听，但这位少妇无心欣赏，而是想着要把黄莺儿赶走，原来是清亮的叫声惊醒了她的好梦。她的丈夫远征辽西未归，使她寂寞惆怅，百般思念，只能把与丈夫的相见寄托在梦中。然而，不知趣的黄莺儿偏偏惊扰了她的美梦，使她连这种虚幻的安慰也不能得到，由此含蓄而又深刻地表现了战争带给人们的痛苦与哀怨情绪。全诗意蕴深刻，构思新巧，语言生动活泼，读来韵味无穷。

题袁氏别业①

贺知章②

原文

主人不相识，偶坐为林泉。

莫谩愁沽酒③，囊中自有钱④。

注释

① 别业：本宅外另建的园林游息处所，即别墅、别馆。

② 贺知章（659—744），字季真，自号四明狂客，越州永兴（今浙江萧山）人。证圣进士，官至秘书监。后还乡为道士。善诗歌及草隶书，与张旭相善，为"吴中四士"之一，今存诗二十首。他的诗以绝句见长，除祭神乐章、应制诗外，其写景、抒怀之作风格独特，清新潇洒。

③ 谩（màn）：同"漫"，徒然。沽酒：买酒。

④ 囊（náng）：袋子。

译文

我与这别墅的主人并不认识，偶尔来坐坐是因为迷恋这里的林木和山泉。

主人不必徒然因没钱买酒而忧愁，我的口袋里还是不缺买酒钱的。

赏析

这是一首朴素自然而富有生活情趣的诗，诗题又叫作《偶游主人园》。透过诗句可以看出，作者和林园的主人袁氏并不相识，只因春游到此，被这一片山林美景所吸引，于是坐下来观赏。快到饭点之时，这山林中没有饭馆酒店，诗人便想在主人家搭上一顿饭，于是，他坦率地向主人表白，不必发愁没有钱买酒，自己袋中有钱，可以拿去买酒共饮，以此消除主人对他的担心，道出了自己一种饮酒赏玩的雅兴。诗中没有正面描绘袁氏林园的幽美，只选取与主人偶遇的一个片段来写，可谓别具一格，鲜明地表现了诗人坦荡豪放的性格。

竹里馆

王 维①

原文

独坐幽篁里②，弹琴复长啸③。

深林人不知④，明月来相照⑤。

注释

① 王维（701—761），字摩诘，祖籍山西祁县。他的诗题材广泛，各体都擅长，五律、五绝成就最高。早期作品表现对权贵的不满和自我进取精神，后期写了大量山水田园诗佳作；极富诗情画意，后人赞为"诗中有画"，有"诗佛"之称。诗风清丽淡雅，意境高远。他是盛唐山水田园诗派中最杰出的代表，在当时被誉为"诗名冠代"，诗一写出即"人皆讽诵"。

② 幽篁（huáng）：幽深的竹林。

③ 长啸：嘬口发出长而清越的声音，是古人抒发感情的一种方式。

④ 深林：密林，指"幽篁"。

⑤ 相照：与"独坐"对应。

译文

独自坐在幽静的竹林中，时而弹琴，时而吹起口哨。

竹林深深，无人知晓，只有明亮的月光静静地照耀。

这是一首写隐士生活的小诗，表现了山林幽居的情趣。诗的用字造语、写景、写人都极为平淡，然而正是这种自然平淡的笔调，却描摹出了一幅格外诱人的月夜幽林的意境。前两句写诗人独自一人坐在幽深茂密的竹林之中，一边弹着琴弦，一边发出长长的啸声，体现出诗人高雅闲淡、超拔脱俗的气质；后两句写诗人虽僻居深林之中，却并不感到孤独，因为那一轮明月还温馨地照耀自己，显示出诗人新颖而独到的艺术想象力。全诗格调高远，成为王维笔下千古传唱的名篇。

送朱大入秦①

孟浩然

原文

游人五陵去②，宝剑值千金③。

分手脱相赠④，平生一片心。

注释

① 朱大：孟浩然的好友。秦：指长安。

② 游人：游子、旅客，这里指朱大。五陵：长安附近，当时豪侠多在此居住。

③ 值千金：形容剑之名贵。

④ 脱：解下。

卷一　五言绝句

译文

　　朱大要去长安远游，我身上有一把价值千金的宝剑。

　　分别之际，我解下宝剑送给你，以表示我今生对你的友情。

赏析

　　这是一首送别诗，诗人化用了战国时期吴国公子季札以宝剑赠友人的典故，表达了对友人的期许、勉励。首句写友人朱大将要远游去长安，而长安是古代游侠常去之处，这里隐含着对朱大为人豪爽的颂扬；次句强调宝剑本身的价值以及赠剑的意义；第三句写分手脱赠千金宝剑，将诗人的豪迈大方表现得酣畅淋漓；末句语浅意深，直抒胸臆，表达了诗人对这份友情的珍重。全诗感情真挚，神采激扬，在孟诗中别具一格。

长干行①

崔　颢②

原文

　　君家住何处，妾住在横塘③。

　　停船暂借问④，或恐是同乡⑤。

注释

　　① 长干行：乐府曲名，是长干里一带的民歌，长干里在今江苏省南京市南面。

　　② 崔颢（hào）（704—754），汴州（今河南开封）人。唐玄宗开元十一年（723）中进士，官司勋员外郎。《全唐诗》录存其诗一卷，共

四十二首。

③ 横塘：在今江苏省南京市江宁区。

④ 暂：暂且，姑且。

⑤ 或恐：或许，也许。

译文

请问你的家乡在何方？我家在建康的横塘。

停下船来暂且借问一声，听口音也许咱们是同乡。

赏析

该诗抓住了人生片段中富有戏剧性的一刹那，用白描的手法，寥寥几笔将一个少女形象刻画得栩栩如生。

该诗一开头，通过自问自答，表现出这位少女的直率性格。她问眼前的男子家乡是哪里，不等对方回答就先行自报家门，说自己住在横塘；然后少女似乎有些羞涩，就补充说只是想打听一下，说不定是同乡呢。短短几句，让少女娇憨活泼的形象跃然纸上。

诗中的主人公一听到有乡音出现就急于"停船"相问，可见她身在异乡，流落漂泊，内心惆怅，因此当耳边回荡起乡音时立刻喜出望外，由此写出了主人公背井离乡的境遇与内心的孤寂，深深开掘了她的个性和内心。

该诗的语言朴素自然，简洁清新，有着极强的艺术感染力。

秋风引①

刘禹锡②

原文

何处秋风至，萧萧送雁群③。

朝来入庭树④，孤客最先闻⑤。

注释

① 引：一种文学或乐曲体裁，有序奏之意，即引子、开头。

② 刘禹锡（772—842），字梦得，祖籍河南洛阳。贞元进士，又登博学宏词科，授监察御史。参加王叔文领导的政治革新运动失败，贬郎州司马，迁连州刺史，晚年入朝为主客郎中，迁太子宾客，世称刘宾客，官终检校礼部尚书。其诗与白居易齐名，并称"刘白"，有"诗豪"之誉。作品有《刘梦得文集》。

③ 萧萧：形容风吹树木的声音。

④ 朝：凌晨。庭树：庭园的树木。

⑤ 孤客：独自在外客居的人，此作者自指。

译文

不知从哪里吹来了秋风，在萧瑟的风中送走了雁群。

清早秋风吹到庭前的树木上，身在他乡的我最先听到了秋风的声音。

诗人在官场被贬谪后，曾在偏远的南方生活过较长时间。一天早晨，因见秋风起、雁南飞的悲秋之景而触动了孤客之心，于是有感而发，写下了这首咏物诗。诗的首句"何处秋风至"，写出了秋风不知不觉到来，让诗人猝不及防、愁肠暗生；接着写"萧萧送雁群"，描述出一幅意境高远的群雁南归图，使悲秋的气氛更加浓郁；第三句"朝来入庭树"，写出秋风吹动庭院之树，落叶萧萧而下的景象；末句"孤客最先闻"是全诗的点睛之处，诗人漂泊在外，对季节的变化非常敏感，"最先"二字表现了诗人强烈的孤寂之感。

全诗构思精巧，借景抒情，表面写秋风，实际则在感叹自己的际遇，抒发了诗人孤独、思乡的感情。

秋夜寄丘员外①

韦应物

原文

怀君属秋夜②，散步咏凉天。
空山松子落，幽人应未眠③。

注释

① 丘员外：名丹，苏州人，曾拜尚书郎，后隐居临平山上。

② 属：正值。

③ 幽人：幽居隐逸的人，指丘员外。

译文

在这悲凉的秋夜格外想念您，我独自散步并咏叹着寒凉的秋天。

山谷寂静能听到松子落地之声，我想您也在思念好友而没有睡吧。

赏析

这是一首秋夜怀友诗。诗人与丘丹在苏州时交往密切，后韦应物任苏州刺史时，诗友丘丹已弃官到浙江临平山学道，在一个宁静的秋夜，诗人因怀念朋友而写下了此诗。

诗中采用了虚实结合的手法，把眼前景与意中景同时并列，使怀人之人与所怀之人两地相连，进而表达了异地相思的深情。诗的前两句，写自己秋夜思念朋友，夜不能寐而徘徊沉吟的情景；后两句是诗人对朋友此时状况的想象，揣摩朋友可能也像自己一样夜深难眠，正在静静地听着空山松子落地的声音。

全诗语浅情深，言简意长，着墨虽淡，韵味无穷，以其古雅闲淡的风格美，给人回味不尽的艺术享受。

寻隐者不遇①

贾 岛②

原文

松下问童子，言师采药去③。

只在此山中，云深不知处④。

① 寻：寻访。隐者：古代指不肯做官而隐居在山野之间的人。

② 贾岛（779—843），唐代诗人，字阆（làng）仙，人称"诗奴"，唐朝河北道幽州范阳县（今河北省涿州）人。早年为僧，法号"无本"，后还俗。唐文宗时任长江主簿，故被称为"贾长江"。以"苦吟"著称于世。作品有《长江集》。

③ 言：回答说。药：这里指方术之士所服用的茯苓、柏实之类养生药物。

④ 云深：云雾缭绕。处：行踪，所在。

译文

在山林中的松树下，我询问小童他师傅的去向，他回答说师傅采药去了。

只知道他就在这座山中，可山中云雾缭绕，不知道具体在哪儿。

赏析

这是一首问答诗，情节简单，诗人选取了寻访隐者过程中的一个小片段，通过与隐者门下小童的简单对话，描绘出一个超凡脱俗、行踪飘忽的隐者形象。首句写寻访者问童子，后三句都是童子的答话，诗人通过寓问于答的手法，把寻访不遇而又一时难以寻踪的情形，描摹得淋漓尽致。全诗通俗清丽，情深意切，白描无华，将丰富的内容浓缩于短短的二十个字中，写得意味深长，令人神往，让人读后有一种难以言传的神秘意味，是一篇难得的言简意丰之作。

卷一　五言绝句

汾上惊秋

苏　颋①

原文

北风吹白云，万里渡河汾②。

心绪逢摇落③，秋声不可闻④。

注释

① 苏颋（tǐng）（670—727），字廷硕，京兆武功（今陕西省武功县）人。武则天时进士，唐玄宗时为宰相，素有文名。苏颋是初盛唐之交时著名文士，与燕国公张说齐名，并称"燕许大手笔"。后人辑有《苏廷硕集》。

② 河汾（fén）：即汾河，这里指汾水流入黄河的一段。

③ 心绪：谓愁绪纷乱。摇落：树叶凋零，喻指秋天。

④ 秋声：秋风萧瑟的声音。

译文

北风吹拂着涌动的白云，我要渡过汾河去往万里以外的地方。

心绪惆怅纷乱又逢上草木摇落凋零，我实在不愿再听到这萧瑟的秋风之声。

赏析

这是一首颇具特色的咏史诗，是诗人奉使渡汾河时的即兴之作。全诗通过虚虚实实、若即若离的手法，表达了诗人复杂的心情，抒发了岁暮时

迟的感慨。诗的前两句交代了时间和事由，写诗人在北风肆虐的凄凉环境中，试图渡过汾河去万里之外的地方，给人一种满目疮痍的感觉；后两句直抒胸臆，写诗人远离家乡，心绪不宁，偏又碰上这万木凋零的季节，那飒飒的秋风让诗人感到倍加伤感。

全诗虽仅二十字，但字字勾连古今，意境含蓄，气象幽远，颇有历史沧桑之感。

蜀道后期①

张　说②

原文

客心争日月③，来往预期程④。

秋风不相待⑤，先至洛阳城⑥。

注释

① 蜀道后期：指作者出使蜀地，未能如期归家。蜀，今四川一带。

② 张说（667—730），字道济，一字说之，唐朝大臣，洛阳人。武则天时应诏对策，得乙等，授太子校书。张说在当时以诗文而闻名，朝廷重要文件多出其手，与苏颋并称为"燕许大手笔"。有《张燕公集》。

③ 客心：游子思归的心情。争日月：与时间竞争。

④ 预期程：事先规划好日期和行程。

⑤ 不相待：不肯等待。

⑥ 洛阳：当时的首都，武则天称帝后定都洛阳。

译文

我客游在外，经常跟时间赛跑，来往的行程都是事先规划好的。

可性情急迫的秋风不肯等我一下，抢先一步到达了洛阳城。

赏析

这首诗作于武则天天授年间（690—692），当时诗人任校书郎，曾两度奉命出使西川。诗人本已规划好行程，却因事而被迫推迟，因此创作此诗。

此诗前两句写作者力争按时回到洛阳，不料情况突变，秋天之前回洛阳的希望落空了，表现了心中的怅惘。一个"争"字用得非常传神，生动地把游子回归家乡的心情充分表露了出来；后两句作者绕开一笔，责备秋风无情，不等自己而抢先到洛阳去了，抒写内心感触，表明了自己归心似箭的焦虑以及行程被耽搁后的懊恼。全诗虽寥寥二十字，却意蕴深厚，含蓄委婉，耐人寻味。

静夜思①

李 白

原文

床前明月光，疑是地上霜②。

举头望明月③，低头思故乡。

注释

① 静夜思：宁静的夜晚所引起的乡思。

② 疑：怀疑，以为。

③ 举头：抬头。

明亮的月光透过窗户洒照在床前，好像是地上泛起了一层白霜。

抬头仰望那空中的一轮明月，不由得低头沉思，更加想念自己的故乡。

赏析

这首诗是作者在旅舍所作，诗人以明白如话的语言，清新朴素的笔触，描绘了明静秋夜的意境，抒写了丰富而隽永的内容，成为传诵千古的名诗。

前两句写出了羁旅他乡的诗人一刹那间所产生的错觉。一个"疑"字生动地表达了诗人睡梦初醒的精神状态，错将照射在床前的清冷月光误认为铺在地面的浓霜。一个"霜"字，既形容月光的皎洁，也表达了季节的寒冷，还烘托出诗人漂泊他乡的孤寂之情。

后两句通过动作神态的刻画，进一步深化了思乡之情。一个"望"字，表明诗人已从朦胧转为清醒，他抬头凝望那天空的一轮皓月，思乡之情油然而生；一个"思"字，点出思乡的主题。

秋浦歌①

李 白

原文

白发三千丈，缘愁似个长②。

不知明镜里，何处得秋霜③？

卷一 五言绝句

21

注释

① 秋浦歌：李白在秋浦时作的组诗，共十七首，这是第十五首。秋浦，在今安徽池州市贵池区西南。

② 缘：因为。似个：这个。

③ 秋霜：指白发。

译文

我头上的白发有三千丈长，是因为心中的愁绪也这样长。

对着镜子看，不知道是哪里的秋霜落在了我的头上？

赏析

《秋浦歌》一共有十七首，此为第十五首，也是组诗中流传最广的一首。该诗大约作于唐玄宗李隆基的天宝末年，当时诗人已经五十多岁，眼看社会危机四伏，开元盛世就要走到尽头，不由地对整个局势深感忧虑。面对自己的理想不能实现，反而受到压抑和排挤，怎不使诗人愁生白发呢？

诗人在这首诗里把夸张的手法用到了极致，首句就语出惊人，白发怎么能有"三千丈"呢？但等读到下句"缘愁似个长"时，便会清楚明白，原来"三千丈"的白发是因愁而生，可见诗人内心的愁思多么深重。三、四句写诗人照镜子时的惊讶，看似是问话，实则抒发感情的痛切之语。这里的"不知"并非真的不知，而是故作不知，以发泄胸中的愤激之情。

全诗内容丰富，情感深厚，把积蕴极深的怨愤和抑郁宣泄出来，抒发了作者怀才不遇的苦闷心情，有着强烈感人的艺术力量。

答武陵太守

王昌龄

原文

仗剑行千里，微躯敢一言①。

曾为大梁客②，不负信陵恩③。

注释

① 微躯（wēi qū）：指自己微贱的身躯，作者自谦之词。

② 大梁客：指信陵君的门客，此处代指诗人自己。

③ 信陵：指魏国的信陵君魏无忌。

译文

我将身佩宝剑远行千里，请允许微贱的我冒昧地向您说一句话。

我曾像信陵君的门客一样受到您的礼遇，今后一定不会忘记您的恩惠。

赏析

王昌龄曾是武陵田太守的门客，后来辞别从武陵返回金陵时，武陵太守设筵相送，诗人答赠此诗，表达他和主人分别时的心情。全诗可以分两个部分来理解，前两句是告辞，说明自己的去向；后两句是感恩，表达了对太守的谢意和尊敬。从表现手法上来说，诗中用典故表露自己的心意。大梁，为战国时魏国的都城。魏国出了一位名垂千古的信陵君，门客们都很愿意为信陵君效力。诗人以大梁客来比喻自己，后面的"信陵恩"比拟

的便是田太守对他的恩德。

全诗风格豪放，语言质朴感人，借用信陵君的典故，直抒胸臆，表达了自己对武陵太守的敬意和知恩图报的决心，有着直率和撼动人心的力量。

行军九日思长安故园①

岑 参②

原文

强欲登高去③，无人送酒来④。

遥怜故园菊，应傍战场开⑤。

注释

① 九日：指九月九日的重阳节。

② 岑参（715—770），唐代边塞诗人，南阳人（今属河南新野），后迁居江陵（今属湖北）。天宝年间进士，先后两次到西北边塞，先在安西节度使高仙芝幕府掌书记；天宝末年，封常清为安西北庭节度使时，为其幕府判官。代宗时，曾任嘉州刺史（今四川乐山），世称"岑嘉州"。岑参以边塞诗与高适齐名，并称"高岑"。其诗歌富有浪漫主义的特色，尤其擅长七言歌行。作品有《岑嘉州集》。

③ 强：勉强。登高：重阳节有登高、赏菊、饮酒以避灾祸的风俗。

④ 送酒：这里是一个典故。陶渊明有一次过重阳节，因家中贫寒而无钱买酒，就在宅边的菊花丛中独自闷坐。当时的太守王弘知道后，派人送去了酒，陶渊明这才饮醉而归。

⑤ 傍：接近，靠近。

在重阳节这天，我勉强地按习俗登高远眺，可惜没有像王弘那样的人给我送酒。

我想念着远方长安故园中的菊花，恐怕正寂寞地在战场旁边开放吧。

赏析

这是一首抒发思乡情怀的诗，但它表现的不是一般的节日思乡，而是对国事的忧虑和对战乱中人民疾苦的关切。诗的第一句交代了时间，紧扣题目中的"九日"。一个"强"字表现了诗人无可奈何的情绪；第二句化用陶渊明的典故，写出了旅况的凄凉萧瑟，暗寓着题目中"行军"的特定环境；第三句写诗人在佳节之际想到了长安家园，表达了诗人深切的思乡之情；最后一句是关键的一句，使读者仿佛看到了一幅鲜明的战乱图，寄托着诗人对饱受战争之苦的人民的同情，对国事的忧虑，对早日平定"安史之乱"、取得天下安定的渴望。

全诗构思精巧，情韵无限，是一首言简意深、耐人寻味的抒情佳作。

婕妤怨①

皇甫冉②

原文

花枝出建章③，凤管发昭阳④。

借问承恩者⑤，双蛾几许长⑥。

卷一 五言绝句

25

注释

① 婕妤 (jié yú)：此指班婕妤，班固的姑姑。她曾是汉成帝的宠妃，赵飞燕姐妹入宫后失宠，自请到长信宫侍奉太后。

② 皇甫冉 (716—769)，字茂政，润州丹阳（今江苏镇江）人，祖籍甘肃泾州，唐代诗人。天宝十五年（756）考中进士第一，后任无锡尉，官至右补阙。其诗清新飘逸，多漂泊之感。

③ 建章：和后面的昭阳一样都是汉代宫殿名称。

④ 凤管：乐器名，这里泛指音乐。

⑤ 承恩：受皇帝宠爱。

⑥ 双蛾 (é)：女子修长的双眉，此指美人。

译文

花枝招展的宫妃从建章宫出发，到昭阳宫去侍奉皇帝。

试问这些受皇帝宠爱的宫妃们，难道你们的弯弯双眉真的能超越我吗？

赏析

这是一首宫怨诗，以一个失宠宫妃的口吻，描写她眼前见到新得宠宫妃的得意场面后所产生的心理活动。开头两句描绘了得到皇帝宠爱的宫妃的得意和欢乐情状；后两句是班婕妤发出的感慨，"双蛾几许长"暗喻这些得宠的宫妃们恐怕迟早也有失宠的一天，饱含了自己内心的失落和幽怨。

诗人借抒发失宠宫妃的怨愤，表达了自己怀才不遇、郁郁不得志的情怀，是一首"言近旨远"之作。

题竹林寺①

朱 放②

原文

岁月人间促③，烟霞此地多。
殷勤竹林寺④，更得几回过⑤。

注释

① 竹林寺：寺名，在江西庐山仙人洞旁。

② 朱放，字长通，襄州襄阳（今湖北襄樊）人，唐代诗人，生卒年不详，约唐代宗大历前后在世。仅做过幕僚，皇帝曾召他做拾遗，但他没有接受。长期隐居的朱放与戴叔伦、刘长卿、顾况等人是诗友，多有唱和。《全唐诗》中录其诗作二十五首。

③ 促：短促。

④ 殷勤（yīn qín）：亲切的情意。

⑤ 过（guō）：访问。

译文

人世间蹉跎岁月很短暂，但此地的烟霞美景却很多。

我因爱上这片烟霞而对竹林寺充满了感情，却不知道今后还能再来几次。

赏析

这是作者游览庐山竹林寺的题壁诗。开头两句写出了竹林寺美丽的风

光，诗人游历过许多名山大川，却深为这里的艳霞美景所沉醉；后两句表述了竹林寺景色虽美，却难以久留，以及留恋之中的日后向往之情。诗人面对眼前的景致，道出了一种对人生短暂的感叹和世事难料的伤怀。

三闾庙①

戴叔伦②

原文

沅湘流不尽③，屈子怨何深④。
日暮秋风起，萧萧枫树林⑤。

注释

① 三闾庙：即屈原庙，因屈原曾任三闾大夫而得名，在今湖南汨罗县境内，是奉祀屈原的庙宇。

② 戴叔伦（732—789），唐代诗人，字幼公（一作次公），润州金坛（今属江苏）人。曾任新城令、东阳令、抚州刺史、容管经略使。晚年辞官为道士。其诗多表现隐逸生活和闲适情调。

③ 沅湘（yuán xiāng）：指沅江和湘江。

④ 屈子：即屈原。

⑤ 萧萧：风吹树木发出的响声。

译文

沅江和湘江之水奔流不息，屈原的哀怨像水一样深沉。

黄昏时秋风骤起，吹得三闾庙边的枫林萧萧作声。

❀赏析❀

三闾庙，是奉祀春秋时楚国三闾大夫屈原的庙宇，根据《大清一统志》记载，此庙在长沙府湘阴县北六十里（今汨罗县境内）处。诗人经过此地后，睹物思人，写下了这首凭吊诗。本诗以江流借喻哀怨，以永不停息的江流比喻屈原忧愤怨恨之深广，表达了对屈原的悲悯和同情，也含蓄地赞颂了屈原的精神不死、魂灵长在。

前两句写诗人见到沅、湘之水滔滔不尽的流着，却冲刷不尽屈原的冤屈和愁怨，表达了对屈原遭遇的深切同情；后两句通过日暮秋风吹落无边枫叶的萧瑟之景，进一步烘托了屈原的哀怨和作者的同情之心。全诗抚今追昔，诗意含蓄，隽永深远，令人回味不尽。

易水送别①

骆宾王②

原文

此地别燕丹，壮士发冲冠③。

昔时人已没④，今日水犹寒⑤。

注释

① 易水：河流名，也称易河，发源于河北省易县，在今河北省雄县城南二十五里。

② 骆宾王（638—684），字观光，婺州义乌（今浙江义乌）人。唐代诗人，七岁作《咏鹅》诗，与王勃、杨炯、卢照邻合称"初唐四杰"。684年随徐敬业扬州起兵讨武后，写《讨武曌檄》传遍天下。

③ 壮士：意气豪壮而勇敢的人，这里指战国将士荆轲。

④ 昔时：往日，从前。

⑤ 寒：本指寒冷。这里指壮士的凛然之气。

译文

荆轲在这个地方告别了燕太子丹，壮士豪气干云，怒发冲冠。

昔日的英豪早已不在了，今天的易水却还是那样的凄寒。

赏析

唐高宗仪凤三年（678），骆宾王以侍御史职多次上疏讽谏，触怒了武则天，不久便被诬下狱。次年秋，遇赦出狱，冬季时节，奔赴幽燕一带，侧身于军幕之中，决心干一番事业，此诗便大约写于这一时期。这是一首抒情送别诗。诗人在构思上别开生面，借送别而思古，以思古而惜今。

前两句道出了送别友人的地点，并借古慨今，把昔日之易水壮别和此刻之易水送人融为一体，表达了诗人对壮士荆轲的深深崇敬之意，也为下面的抒情准备了条件；后两句采取对仗的形式，从咏古过渡到叹今，抒发了诗人内心积极向上的情怀，流露出诗人怀才不遇、生不逢时的情绪，表达了诗人想为国作贡献却又不得志的失落感和勇往直前的进取精神。

别卢秦卿

司空曙①

原文

知有前期在②，难分此夜中。

无将故人酒③，不及石尤风④。

注释

① 司空曙（生卒年不详），字文初，广平（今河北省广平县）人，大历年间进士，磊落有奇才，是"大历十才子"之一。其诗多为行旅赠别之作，长于抒情，多有名句。

② 前期：约好再见面的日期。

③ 无将：不要以为。

④ 石尤风：传说古代有个尤姓的商人，娶了石氏女，情好甚笃。商人远行不归，石氏女思念成疾，临死时发誓要化作大风，帮助天下妇女们阻止她们的丈夫经商远行。于是，后世商旅们称逆风、顶头风为"石尤风"。

译文

虽然我们已经约好了再次聚会的日期，可今晚还是难舍难分。

不要以为我对你敬酒中挽留的情意，比不上刮起顶头的"石尤风"。

赏析

这是一首送别诗。送别的题材在古诗中比比皆是，而这首诗却能翻出新意，别具一格。诗的头两句写虽然已知后会有期，却依然难舍难分；后两句写摆酒送行的场面，还有意无意的祝愿天公刮大风，让友人不能成行，如此不舍之情，溢于言表。

全诗语言质朴，平白如话，却把挽留朋友的殷切之情表达得淋漓尽致，读起来非常感人。

卷一 五言绝句

答 人

太上隐者[①]

千家诗全鉴
少儿视频版

原文

偶来松树下，高枕石头眠[②]。

山中无历日[③]，寒尽不知年[④]。

注释

① 太上隐者，姓名及生平不详，唐代诗人，隐居于终南山。

② 高枕（zhěn）：两种解释，一是枕着高的枕头之意，一是比喻安闲无事。

③ 历日：指记载岁时节令的书。

④ 寒尽：寒冷的冬天已经过去。

译文

我偶尔会来到松树底下，枕着石头睡上一觉。

深山中没有记载时节的日历，所以到了寒冬过去之时，我也不知道现在是哪年哪月。

赏析

这是一首诗人回答别人问话的诗，向人们展示了一位不食人间烟火的高人形象。据《古今诗话》记载："太上隐者，人莫知其本末，好事者从问其姓名，不答，留诗一绝云。"

诗中采用白描手法，以活泼无碍的回答方式，既写出了诗人洒脱淡逸的情怀，又写出了山中的逸趣，看似随口而出，实则意蕴丰富，令人回味无穷。

卷二

五言律诗

和晋陵陆丞早春游望①

杜审言②

原文

独有宦游人③，偏惊物候新④。

云霞出海曙，梅柳渡江春。

淑气催黄鸟⑤，晴光转绿蘋⑥。

忽闻歌古调，归思欲沾巾。

注释

① 和：指用诗应答。晋陵：现江苏省常州市。陆丞：即陆元方，字希仲，武后时曾任宰相。

② 杜审言（645—708），字必简，祖籍襄阳（今属湖北），迁居河南巩县（今河南省巩县）。唐高宗咸亨年间进士。与李峤、崔融、苏味道齐名，称"文章四友"，为唐代近体诗的奠基人之一。著有《杜审言集》。

③ 宦游人：离家做官的人。

④ 物候：指自然界的气象和季节变化。

⑤ 淑气（shū qì）：和暖的天气。催黄鸟：催着黄莺早啼。

⑥ 绿蘋（pín）：浮萍。

译文

远离家乡的在外做官之人，对自然物候变化特别敏感。

太阳从东边的大海上升起，映照着满天云霞，梅花和柳枝渡过江来，

呈现出一派春意盎然的气象。

和暖的春风催促着黄莺早早歌唱，晴朗的阳光下，浮萍的颜色渐渐变成深绿。

忽然听到你用古老的曲调吟唱新作《早春望游》，勾起了我思乡的情怀而落泪沾襟。

赏析

诗人为唐高宗咸亨年间进士，一生诗名甚高而仕途失意，这首诗是他在担任江阴县丞时所作，当时已宦游江南近二十年。这是酬答友人陆丞作《早春游望》的一首和诗。作者因物感兴，即景生情，抒发了自己宦游江南的感慨和归思。

该诗一开头就发出感慨，在"独有""偏惊"的强调语气中，渲染出诗人宦游江南的矛盾心情。中间二联写江南春光明媚、鸟语花香的水乡景色，寄托着诗人怀念中原故土的情意。尾联用"忽闻"二字转到"归思"上，点明思归和伤春的本意。

该诗采用拟人化的手法，写江南早春，历历如画，构思精巧，对仗工整，体现了很高的艺术性。

送友人

李 白

原文

青山横北郭①，白水绕东城②。

此地一为别③，孤蓬万里征④。

浮云游子意⑤，落日故人情。

挥手自兹去⑥，萧萧班马鸣⑦。

注释

① 北郭：北城门外。

② 白水：清澈的水。

③ 一：助词，此处为加强语气，无实际意译。

④ 孤蓬（gū péng）：蓬是一种草，枯后断根，遇风吹散，飞转无定。此处以孤蓬喻孤独远行的友人。

⑤ 浮云：飘动的云。游子：离家远游的人。

⑥ 兹：代词，此。

⑦ 班马：离群之马，喻人之分别。

译文

青翠的山峦横卧在外围城墙的北面，清澈的水流环绕在城的东面潺潺而过。

我们在此地相互握手道别，你就像那飞蓬一样随风飘荡，独自到万里之外去远行。

天上的浮云好像离家远游的人一样行踪不定，夕阳也不忍早早落山，那种留恋就像此时的我们依依惜别之情。

怎奈送君千里终有一别，我们挥挥手就此离去吧，转身间，只听得就要分开的两匹马也发出了令人感伤的萧萧长鸣。

赏析

这是一首情意深厚的送别诗，诗人通过送别环境的刻画、气氛的渲染，表达出对友人的依依惜别之情。

该诗首联用了工丽的对仗句，写得别开生面。以"青山"对"白水"，

"北郭"对"东城"。"青""白"相间，色彩明丽。"横"字勾勒出青山的静姿，"绕"字描画了白水的动态。如此描摹，挥洒自如，清新雅致。中间二联点题，写离别的深情。颔联表达了对友人漂泊生涯的深切关怀，落笔如行云流水，舒畅自然。颈联用飘动的"浮云"比喻漂泊的游子，用缓缓下沉的"落日"比喻与友人难舍难分的真挚情谊，写得委婉含蓄，深切感人。

尾联两句，情意更切。送君千里，终须一别。诗人借马鸣之声犹作别离之声，衬托离情别绪。诗人化用古典诗句，着一"班"字，幡然出新，烘托出缱绻情谊，可谓鬼斧神工。

该诗言浅意深，朴实自然，写得新颖别致，不落俗套，读之令人神往。

送友人入蜀

李 白

原文

> 见说蚕丛路①，崎岖不易行②。
> 山从人面起，云傍马头生。
> 芳树笼秦栈③，春流绕蜀城。
> 升沉应已定④，不必问君平⑤。

注释

① 见说：听说。蚕丛：蜀国的开国君主，代指入蜀的道路。

② 崎岖（qí qū）：道路不平状。

③ 秦栈（zhàn）：由秦（今陕西省）入蜀的栈道。

④ 升沉：宦途得失。

⑤ 君平：西汉严遵，字君平，隐居成都不仕，以占卜为生。

译文

听说从这里去蜀地的道路坎坷艰险，从来就不易通行。

人在栈道上行走时，紧靠峭壁，山崖好像从人的脸侧突兀而起，云气依傍着马头上升翻腾。

郁郁葱葱的树木遮蔽了从秦入川的栈道，锦江碧水环绕着蜀地的都城。

一个人仕途的进退升沉已命中注定，没有必要再去占卜问卦。

赏析

此诗为天宝二载（743）李白在长安送友人入蜀时所作，是一首以描绘蜀道山川的奇美而著称的抒情诗。此诗以写实的笔触，精练、准确地刻画了蜀地虽然崎岖难行，但具别有洞天的景象，劝勉友人不必过多地担心仕途沉浮，重要的是要热爱生活。诗中既有劝导朋友不要沉溺于功名利禄之意，又寄寓诗人在长安政治上受人排挤的深层感慨。

该诗首联笔调平实，描写入蜀时道路的艰险；颔联奇险，就"崎岖不易行"的蜀道作进一步的具体描绘；颈联转入舒缓，极尽渲染蜀道上瑰丽的风光。此联中的"笼"字是评论家所称道的"诗眼"，写得生动、传神，含意丰满，表现了多方面的内容。首先，它准确地描画了栈道林荫是由山上树木朝下覆盖而成的特色。其次，它与上句"芳树"相呼应，形象地表达了春林繁盛芳茂的景象。最后，"笼秦栈"与对句的"绕蜀城"，字凝语炼，恰好构成严密工整的对偶句。尾联低沉，点出主旨。

全诗语言精练，分析鞭辟入里，笔力开阖顿挫，风格清新俊逸。

次北固山下①

王　湾②

原文

客路青山外③，行舟绿水前。

潮平两岸阔，风正一帆悬④。

海日生残夜⑤，江春入旧年。

乡书何由达⑥，归雁洛阳边⑦。

注释

① 次：旅途中暂时停宿，此处指停泊之意。北固山：山名，位于今江苏镇江北。

② 王湾（693—751），洛阳人，先天元年（712）考中进士，授荥阳县主簿，转洛阳尉。开元五年（717），马怀素为昭文馆学士，奏请校正群籍，召博学之士，王湾在选，后与刘仲丘合编《群书四部录》200卷。王湾博学工诗，诗虽流传不多，但享名甚大。《全唐诗》存其诗十首。

③ 客路：行客前进的路。青山：即北固山。

④ 风正：风顺。悬：挂。

⑤ 残夜：夜将尽之时。

⑥ 乡书：家信。

⑦ 归雁：北归的大雁。古代有用大雁传递书信的传说。

译文

北固山间有一条弯弯曲曲的小径，绿水中有一叶飘飘荡荡的风帆。

潮水涨到岸边，两岸更加宽阔，顺风行船，风帆高悬，飘飘然如凌空飞驶。

夜幕还没有褪尽，旭日已从海上冉冉升起，旧年还没有完全过去，江南已有了春天的气息。

寄给家乡的书信不知何时到达，希望北归的大雁将它带到故乡洛阳。

赏析

王湾是开元初年的北方诗人，经常往来于吴楚间，他被江南清丽山水所倾倒，并受到当时吴中诗人清秀诗风的影响，写下了一些歌咏江南山水的作品，这首诗便是其中最为著名的一篇。诗中细致地描绘了长江下游开阔秀丽的早春景色，表达了诗人对祖国山河的热爱，流露出诗人的思乡之情。

全诗用笔自然，写景鲜明，情感真切，情景交融，风格壮美，极富韵致。

苏氏别业

祖 咏①

原文

别业居幽处，到来生隐心②。
南山当户牖③，沣水映园林④。
竹覆经冬雪，庭昏未夕阴⑤。
寥寥人境外，闲坐听春禽⑥。

① 祖咏（699—746），唐代诗人。洛阳人，后迁居汝水以北。开元十二年（724）进士及第，长期未授官。后入仕，又遭迁谪，仕途落拓。与王维交情颇深，往来酬唱频繁。其诗多状景咏物，宣扬隐逸生活，辞意清新、文字洗练，是盛唐山水田园诗派代表人物之一。

② 隐心：隐居之心。

③ 南山：指终南山，在今陕西省西安市南。户牖（yǒu）：门窗。

④ 沣（fēng）水：水名，发源于秦岭，经户县、西安入渭水。

⑤ 未夕：还未到黄昏。阴：天色昏暗。

⑥ 春禽（qín）：春鸟。

译文

别墅位于清幽僻静的地方，我来到这里便产生了归隐之心。

临窗就能看到终南山的远景，与门窗遥遥相对，沣水的清波映射出别墅园林的风光。

经过冬天的残雪还覆盖在竹枝上，还没到傍晚庭院就已朦胧昏暗。

寂寥的幽静如同世外桃源，清闲时坐听春鸟鸣叫令人心情惬意。

赏析

该诗是唐代诗人祖咏游览苏氏别墅时所写。作者喜欢幽静，性情高雅，向往心灵的宁静。面对如此清幽的别墅环境，感到超脱凡尘，烦杂全消，由此产生向往和归隐之心。

首联概述别墅的幽僻宁静使人产生隐逸之心。叙事干净利落，开篇即点明主旨。颔联写的是远景，依山傍水，境界开阔。颈联写的是近景，用字凝练。"经冬"表明时令已是春天；"未夕"说明时间为白昼；"覆"字表现积雪之厚。写出了苏氏别墅新鲜的、不同寻常的深山幽景。尾联是人境与物境的妙合。全诗前七句都是写静景，没有声息，诗人在篇末表现自己"闲坐听春禽"，以声音传递出春的讯息。此联深化了主题，进一步点明诗

人对隐居生活的无限向往。

全诗语言洗练，造语新奇，格律严谨，意境清幽，为盛唐五言律诗的杰作。

春宿左省①

杜 甫

原文

花隐掖垣暮②，啾啾栖鸟过。

星临万户动，月傍九霄多。

不寝听金钥③，因风想玉珂④。

明朝有封事⑤，数问夜如何。

注释

① 宿：值夜。左省：门下省，魏晋至宋代的中央最高政府机构之一，位于皇宫东侧。

② 掖垣（yè yuán）：此处指门下省。

③ 金钥（jīn yuè）：即金锁，指开宫门的锁钥声。

④ 玉珂（kē）：马络头上的玉制饰物。

⑤ 封事：臣下上书奏事，为防泄漏，用黑色袋子密封，因此得名。

译文

宫殿院墙在暮色中掩映于花丛，投宿的鸟儿一群群鸣叫而过。

夜空群星照耀下，宫殿中的千门万户似乎在闪烁，高耸入云的宫殿映

着月光，显得格外明亮。

我夜不敢寐，仿佛听到开宫门的钥匙声；晚风飒飒，想起上朝马铃的音波。

明晨上朝，我还有重要的大事要做，因而心中不安，多次询问是深夜什么时候了。

赏析

该诗描写诗人上封事前在门下省值夜时的心情，表现了他居官勤勉、尽忠职守的思想。

首联描绘开始值夜时"左省"的景色，此联可谓字字点题、一丝不漏，足见诗人的匠心。

颔联是写得极精彩的警句，描绘形象生动，不仅把星月映照下宫殿巍峨清丽的夜景活画出来了，而且寓含着帝居高远的颂圣味道，虚实结合，形神兼备，语意含蓄双关。颈联通过丰富的想象，传神地表现了诗人勤于国事，唯恐在自己值夜期间，出现什么差错而耽误上朝的心情。尾联交代彻夜难眠的原因，其中"数问"二字加重了诗人寝卧难安的情绪。

全诗叙述详明而富于变化，描写真切而生动传神，体现了杜甫律诗结构既严谨又灵动，诗意既明达又蕴藉的特点。

终南山

王 维

原文

太乙近天都①，连山到海隅。

白云回望合，青霭入看无②。

分野中峰变③，阴晴众壑殊④。

欲投何处宿，隔水问樵夫。

注释

① 太乙：即"太一"，终南山主峰，也是终南山别称。天都：天帝所居，这里指帝都长安。

② 青霭（ǎi）：山中的云气。

③ 分野：古天文学名词。古人将天上的星宿和地上的各州对应，分为若干区域，称为分野。此处指终南山主峰将周围地面划分成不同的区域。

④ 壑（hè）：山谷。

译文

巍峨的终南山紧临长安城，连绵不断的山脉一直延伸到海边。

回望山下，翻滚的白云忽合忽分、千变万化，青色的雾气迷茫笼罩，走近一看，又消失得无影无踪。

中央的主峰将终南山东西隔开，千岩万壑阴晴明暗，各不相同。

在山中想找户人家去投宿，隔水向对面的那个樵夫询问。

赏析

开元二十九年（741），王维从岭南回到京城长安，曾隐居终南山下的辋川别墅中。本诗当作于这一时期。诗中从不同角度描写了终南山的宏伟景象。首联写远景，以夸张的手法，极言山之高远。颔联写近景，描写诗人身在山中之所见，铺叙云气变幻，移步变形，极富含蕴。颈联进一步写山之南北辽阔和千岩万壑的各种形态。尾联写诗人想在山中投宿人家，表现出流连忘返的心情。整首诗的艺术表现颇具特色，意境清新，宛如一幅山水画。

寄左省杜拾遗①

岑　参

原文

联步趋丹陛②，分曹限紫薇③。

晓随天仗入，暮惹御香归④。

白发悲花落，青云羡鸟飞⑤。

圣朝无阙事⑥，自觉谏书稀⑦。

注释

① 杜拾遗：即杜甫，曾任左拾遗。

② 联步：同行。群臣朝拜皇帝时分成两行，左右二人同步而行，以示恭敬。丹陛：宫中的红色台阶，借指朝廷。

③ 曹：官署。限：阻隔，引申为分隔。紫薇：帝王宫殿，此处指朝会时皇帝所居的宣政殿。

④ 惹（rě）：沾染。御香：朝会时殿中设炉燃香。

⑤ 鸟飞：隐喻飞黄腾达的人。

⑥ 阙事（quē shì）：缺点和过失。

⑦ 自：当然。谏书：劝谏的奏章。

译文

上朝时我们并肩同行在宫中的红色台阶上，分署办公时又和你相隔宣政殿。

早晨随着天子的仪仗入朝，晚上身染御炉散发出的香气回家。

见到庭院凋落的残花，就不禁引发自己满头银发的悲叹；遥遥望见高空的飞鸟，就非常羡慕它们自由翱翔。

圣明的朝堂大概没有什么缺点和过失，规谏皇帝的奏章日见稀疏。

赏析

这首诗写于唐肃宗至德三年（758）"安史之乱"后。诗的首、颔二联句描写与杜甫同朝为官的情形。诗人连续谱写"天仗""丹陛""御香""紫微"，表面看似乎是在炫耀朝官的荣华显贵，实则在慨叹朝官生活的空虚、单调、呆板。颈联直抒胸臆，向旧友倾吐内心的忧愤。"悲"是该联的中心，高度概括了诗人对朝官生活的态度和感受。尾联是全诗的高潮。此二句中，诗人感慨自己的身世遭遇和发泄对朝廷不满的愤懑之情，名为赞叹朝廷无讽谏之事，实含深隐的讽刺之意。一个"稀"字，反映出诗人对文过饰非、讳疾忌医的唐王朝失望的心情。

全诗采用隐晦曲折的笔法，寓贬于褒，绵里藏针，表面颂扬，骨子里感慨身世遭际和倾诉对朝政的不满。用婉曲的反语来抒发内心忧愤，有寻思不尽之妙。

登兖州城楼①

杜 甫

原文

东郡趋庭日②，南楼纵目初③。

浮云连海岱④，平野入青徐⑤。

孤嶂秦碑在⑥，荒城鲁殿余⑦。

从来多古意⑧，临眺独踌躇⑨。

注释

① 兖（yǎn）州：唐代州名，在今山东省。

② 东郡：即兖州。趋庭：谓子承父教，此指看望父亲，当时杜甫的父亲在兖州为官。典出《论语·季氏》："鲤趋而过庭。"

③ 南楼：兖州的南城楼。初：首次。

④ 海岱（dài）：渤海、泰山。

⑤ 入：伸展之意。青徐：青州、徐州，均与兖州邻境。

⑥ 孤嶂（gū zhàng）：孤立的山峰，指泰山。秦碑：秦始皇命人所记得的歌颂他功德的石碑。

⑦ 荒城：指曲阜故城。鲁殿：汉时鲁恭王在曲阜城修的灵光殿。

⑧ 从来：意为向来如此。古意：伤古的意绪。

⑨ 踌躇（chóu chú）：犹豫，徘徊。

译文

来到兖州看望父亲期间，首次登上南城楼远眺。

白云飘荡在大海与泰山的上空，平坦的原野一直伸展到了青州和徐州。

高峻的山峰上仍耸立着秦朝铭刻的石碑，荒城曲阜还存留着汉代的灵光殿。

我向来就有怀古的幽情，登此高楼怎不感慨万千呢！

赏析

这首诗大约作于唐玄宗开元二十四年（736），当时杜甫东游齐赵故地，其父杜闲在兖州任司马。杜甫探亲之际，登上南城楼而写下此诗。诗人以细腻的笔触，刻画了登楼所见到的景致。首联叙事，点出登楼的缘由和时

间，说明自己登楼是在来兖州探望父亲之时。颔、颈二联写景，从雄壮的渤海、巍峨的泰山、辽阔的平原，到触人心怀的秦碑、鲁殿，由远及近，徐徐展开，既壮观，又传神。尾联是全诗的总结，抒发了诗人的怀古情思。

此诗虽属旅游题材，但诗人从纵横两方面，即地理和历史的角度，进行观览与思考，从而表达出登楼临眺时触动的个人感受，颇具特色。

送杜少府之任蜀州①

王 勃

原文

城阙辅三秦②，风烟望五津③。
与君离别意，同是宦游人④。
海内存知己⑤，天涯若比邻⑥。
无为在歧路⑦，儿女共沾巾⑧。

注释

① 杜少府：王勃的友人，其名不详。少府，唐人对县尉的尊称。之：到、往。蜀州：今四川崇州。

② 城阙（què）：唐代的都城长安。阙，宫门前的望楼。辅：护卫。三秦：指长安城附近的关中一带。秦朝末年，项羽破秦，将秦国故地分作雍、塞、翟三个国家，故有"三秦"之称。

③ 风烟：风尘烟岚，指极目远望时所见到的景象。五津：指岷江的五个渡口，即白华津、万里津、江首津、涉头津、江南津。此处泛指蜀川。

④ 宦游（huàn yóu）：出外做官。

⑤ 海内：四海之内，指天下。

⑥ 天涯：天边，此处比喻极远的地方。

⑦ 无为：无须、不必。歧路：岔路，指分手之处。

⑧ 沾巾：泪水沾湿衣服和腰带，意为伤感流泪。

译文

三秦之地拱卫着长安，风烟迷茫中遥望蜀川。

和你离别心中有无限的感慨，你我都是在仕途上奔走的游子。

人世间只要有你这个知己，即使远在天边也犹如近邻一样。

不要在分手时伤心地痛哭，像多情的少男少女一样让泪水沾湿了衣裳。

赏析

这是一首送别题材的诗，也是王勃的代表作。该诗大约是他二十岁以前，在长安时所写。"少府"，是唐代对县尉的通称。这位姓杜的少府将离开长安到四川去上任，于此分别之际，王勃在临别相送时写下此诗赠给对方。从字里行间能领略到两人之间的感情共鸣，表达出诗人对杜少府将要远行千里，相隔一方的的不舍与宽慰。

这首诗写得乐观开朗，别开生面，一改古代送别诗中的悲凉凄怆之气，显得意境旷达，清新高远，独具特色。"海内存知己，天涯若比邻"两句，成为远隔千山万水的朋友之间表达深厚情谊的不朽名句，至今常被人们引用。

少儿视频版

千家诗全鉴

题义公禅房①

孟浩然

原文

义公习禅寂，结宇依空林②。

户外一峰秀，阶前众壑深。

夕阳连雨足③，空翠落庭阴④。

看取莲花净⑤，方知不染心⑥。

注释

① 义公：唐代高僧，与孟浩然有交往。禅房：僧人居住的房屋。

② 宇：屋檐，此指禅房。

③ 雨足：雨脚，指像线一样一串串密集相连的雨点。

④ 空翠：明净青翠的山林景色。

⑤ 莲花：为佛家语，莲花出淤泥而不染，故佛教以莲花为最洁净。

⑥ 不染心：心地不为尘念所染。

译文

高僧义公喜欢在清静的地方参禅，因而把房子修建在空寂的山林之中。

禅房远处是一座峻峭的山峰，台阶前一道道山谷纵横幽深。

雨停之后夕阳返照，庭院之中的树木青翠。

禅房的环境如同莲花般洁净，才知道义公一尘不染的心境。

这首诗作于孟浩然漫游吴越故地之时。佛教在唐代极为盛行，而唐代诗人和僧人的关系也十分密切。因此，许多诗人都有题赠寺院僧人的诗篇，这首诗即是作者游大禹寺义公禅房后的题赠之作。诗中由感叹禅房清幽到赞美高僧义公超然物外，潜心修禅，曲折地表达了诗人对隐逸生活的向往和对世俗社会的厌倦。

首联扣题写义公禅房。起句点明义公，次句点明禅房。颔、颈二联用"秀峰""深窈""积雨""翠阴"渲染出禅房周围清净、淡雅的环境。尾联由莲花的一尘不染进一步衬托出义公的品行高洁。全诗情调古雅，构思缜密，既是一首题赞诗，也是一首山水诗。

醉后赠张九旭①

高 适

原文

世上漫相识②，此翁殊不然。
兴来书自圣③，醉后语尤颠④。
白发老闲事，青云在目前⑤。
床头一壶酒，能更几回眠。

注释

① 张九旭：即张旭，字伯高，唐朝吴县（今江苏苏州）人，排行第九。以草书著称，人称"草圣"。

② 漫相识：轻易随便地认识、结交。漫，随便，不受约束。

③ 书自圣：书法上自然而然地超凡入圣。

④ 颠（diān）：同"癫"，癫狂。张旭号称"张癫"。

⑤ 青云：这里是青云直上之意。指玄宗召张旭为书学博士一事。

译文

世人大多喜欢随意结交朋友，而这位老翁就不这样。

他兴致勃发时书法天成，醉酒之后说话更为癫狂。

虽已是白发之年却恬然自乐，最近被朝廷任命为书学博士，平步青云。

他的床头常放着一壶酒，人生能有几回开心的沉醉呢。

赏析

这首诗作于唐玄宗开元二十四年（736），是高适送给张旭的一首赠友诗。诗人从张旭平日不轻易与人交往、兴来书圣、醉后语癫三个方面表现其狂放不羁、醉才横溢的形象。

全诗在章法上虚实结合，虚写处内蕴丰富，而不显得空虚；实写处形象具体，但笔调轻灵，而无板滞胶着之感。这种巧妙的结合，使诗人的感情与诗中主人公的形象融为一体，产生出动人的艺术魅力。全诗语言清新明朗，与诗中欢快活泼的情绪相适宜，读来真切动人。

旅夜书怀①

杜 甫

原文

细草微风岸，危樯独夜舟②。

星垂平野阔③，月涌大江流④。

名岂文章著⑤，官应老病休⑥。

飘飘何所似⑦，天地一沙鸥⑧。

注释

① 书怀：书写胸中意绪。

② 危樯（wēi qiáng）：船上高高的桅杆。

③ 星垂：远处繁星垂挂。

④ 月涌：月光入水，光涌奔流。

⑤ 文章著：因文章而著名。

⑥ 官应老病休：官倒是因为年老多病而被罢退。

⑦ 飘飘：飘零，漂泊。

⑧ 沙鸥：水鸟，作者自喻。

译文

微风吹拂着江边的小草，那立着高高桅杆的小船在夜色里孤独的停泊。

繁星垂挂在天边，原野显得宽阔，月光随着碧波涌动，大江滚滚东流。

我难道是因为写文章而扬名天下的吗？年老病多也应该辞官回乡了。如今我漂泊的生涯像什么呢？好像那天地间一只孤零零的沙鸥。

赏析

　　这首诗被认为是作于唐代宗永泰元年（765）五月，这一年元月，杜甫辞去节度参谋职务，返居成都草堂。四月，友人严武去世，使杜甫在成都失去了依靠，不得已，他率家人离开成都草堂，乘舟东下。九月，他与家人到了云安县（今四川云阳县）暂住下来。这首诗大约是他乘船经过渝州（今四川重庆）、忠州（今四川忠县）一带时所写。诗中既写旅途风情，更感伤老年多病、漂泊无依的心境。字字是泪，句句含情，声声哀叹，感人至深。

登岳阳楼

杜　甫

原文

昔闻洞庭水①，今上岳阳楼②。
吴楚东南坼③，乾坤日夜浮④。
亲朋无一字⑤，老病有孤舟⑥。
戎马关山北⑦，凭轩涕泗流⑧。

注释

　　① 洞庭水：洞庭湖，在今湖南北部，为我国第二大淡水湖。

　　② 岳阳楼：即岳阳城西门楼，在湖南省岳阳市，下临洞庭湖，为游览

胜地。

③ 吴楚：吴国和楚国，春秋时期的两个诸侯国。其地域大致在今湖南、湖北、江西、安徽、江苏、浙江一带。坼（chè）：分裂，此处引申为划分。

④ 乾坤（qián kūn）：指日月。

⑤ 无一字：杳无音讯。字，此处指书信。

⑥ 有孤舟：唯有孤舟一叶飘零无定。

⑦ 戎马：军马，此处借指战事。关山北：北方边境。

⑧ 凭轩（xuān）：倚着楼窗。涕泗：眼泪。

译文

我早就听说洞庭湖水波澜壮阔，今天终于如愿登上了闻名遐迩的岳阳楼。

洞庭湖水浩瀚广阔，将吴地和楚地分开，天地像在苍茫的湖面上日夜漂浮荡漾。

看着这眼前的景色，想到亲朋好友没有一点音信，而今自己年老多病，冷清地栖息在这孤零零的小舟上。

关山以北依然战火不断，凭栏遥望，想到国难家仇，我不禁泪水横流。

赏析

唐代宗大历三年（768），诗人处境艰难，凄苦不堪，年老体衰，他离开夔州（今重庆奉节）沿江由江陵、公安一路漂泊，来到岳阳（今属湖南）。登上神往已久的岳阳楼，凭轩远眺，面对烟波浩渺、壮阔无垠的洞庭湖，诗人发出由衷的赞叹；继而想到自己晚年漂泊无定，国家多灾多难，不免感慨万千，于是在岳阳写下了此诗。

诗中描绘了洞庭湖浩瀚壮观的景象，并将眼前的景色与诗人的悲凉身世有机地结合了起来，表达了诗人忧国忧民的情怀。这首诗意境开阔宏大，格调悲壮，成为登岳阳楼的千古名篇。

江南旅情

祖　咏

原文

楚山不可极^①，归路但萧条。

海色晴看雨，江声夜听潮。

剑留南斗近^②，书寄北风遥。

为报空潭橘^③，无媒寄洛桥^④。

注释

① 楚山：泛指江南的山。

② 南斗：星名，古人有"南斗在吴"的说法。

③ 空潭橘（tán jú）：泛指南方的橘子。

④ 洛桥：洛阳天津桥，此代指洛阳。

译文

江南一带的山脉绵延不绝，没有尽头；返回故乡的路途坎坷漫长，景致是如此萧瑟荒凉。

清晨，看见海雾蒙蒙，就知道将要下雨；夜晚，听到大江波涛澎湃的声音，就知道夜潮来临。

我佩剑飘零流落于江南，三吴已近在眼前；怎奈家乡路途遥远，家书难寄。

江南的橘子熟了，想寄一些回家，可惜无人把它带到洛阳。

诗人离开家乡去江南旅行，在游历完吴、楚之地后，返程归乡。一路上心系故乡，于是在返归途中写下了此诗，表达了在旅途之中思念故乡的深情。首联用委婉的笔调表达了作者归乡不得而又无可奈何的心境；颔联以江南景色作衬托，将诗人羁旅漂泊之苦展现得淋漓尽致；接下来的两联，诗人进一步抒写故乡的遥不可及，留下了无限的愁情。

全诗以清新的笔调，写出了江南山川广袤而特别的景致。

题破山寺后禅院①

常 建②

原文

清晨入古寺，初日照高林③。

曲径通幽处，禅房花木深。

山光悦鸟性，潭影空人心④。

万籁此俱寂⑤，但余钟磬音⑥。

注释

① 破山寺：兴福寺，在今江苏常熟市西北虞山上。

② 常建（708—765），长安（今陕西西安）人，开元十五年（727）与王昌龄同榜进士，曾任盱眙尉。仕宦不得意，来往山水名胜，过了一段很长时期的漫游生活。后移家隐居鄂州武昌（今属湖北）。其诗多为五言，常以山林、寺观为题材。有《常建集》。

③ 初日：早上的太阳。高林：高树之林。

④ 潭影：清澈潭水中的倒影。

⑤ 万籁（lài）：各种声音。籁，从孔穴里发出的声音，泛指声音。

⑥ 但余：只留下。钟磬（qìng）：佛寺中召集众僧的打击乐器。

译文

清晨，我漫步于这座古老的禅院，初升的太阳映照着山林。

曲折的小径通向寂静幽深的地方，禅房掩映在这繁茂的花草和树木之中。

山光明媚引得鸟儿更加欢悦，空明的潭水令人爽神清心。

此时此刻万物都沉默静寂，只留下了敲击钟磬的声音。

赏析

　　这首诗抒写了诗人清晨游寺后禅院的观感，也写出了诗人的淡泊情志。以凝练简洁的笔触描写了一个景物独特、幽深寂静的境界，表达了诗人游览名胜的喜悦和对高远境界的强烈追求。从诗中可以看出，诗人除了要表现寺院附近的山景外，更想表现古寺之静；写古寺之静，是为了表现自己的内心之静。全诗笔调古朴，层次分明，意境浑融，简洁明净，感染力强，艺术上相当完整，是唐代山水诗中独具一格的名篇。

野　望

王　绩①

原文

东皋薄暮望②，徙倚欲何依③。

树树皆秋色，山山惟落晖④。

牧人驱犊返⑤，猎马带禽归⑥。

相顾无相识，长歌怀采薇⑦。

注释

① 王绩（586—644），字无功，号东皋子、五斗先生，绛州龙门（今山西河津）人。王通之弟。大业元年（605）应孝廉举，中高第，授秘书正字，后任六合县县丞。性简傲，嗜酒，能饮五斗，自作《五斗先生传》，撰《酒经》《酒谱》。诗歌多写山水田园风光与隐士生活。其诗近而不浅，质而不俗，真率疏放，旷怀高致，直追魏晋高风，对唐诗发展有一定影响。有《王无功文集》。

② 东皋（gāo）：诗人隐居的地方。薄暮：傍晚。薄，迫近。

③ 徙倚（xǐ yǐ）：徘徊，来回地走。

④ 落晖：落日。

⑤ 犊（dú）：小牛，此处指牛群。

⑥ 禽：鸟兽，此处指猎物。

⑦ 采薇：古代指隐居生活。相传周武王灭商后，伯夷、叔齐不愿做周朝的臣子，隐居首阳山，在此采薇而食，最后饿死。

译文

黄昏时分，我站在东皋村头纵目远望，心中徘徊不定，不知自己该归依何方。

远方的层层树林都染上醉人的秋色，重重山岭都浸入落日的余晖之中。

此时，放牧的人驱赶着牛群往回走，猎户欢快地驮着猎物还家。

望着过往的行人，没有一个熟悉的面孔，我引吭高歌，以此追怀古代的隐士，向往着能和伯夷、叔齐那样的人交友。

赏析

这首诗写的是山野秋景。全诗于萧瑟怡静的景色描写中流露出孤独抑郁的心情，抒发了惆怅、孤寂的情怀。首联点题，"欲何依"表现出诗人百无聊赖的茫然心境；颔联写树写山，一派安详宁静；颈联以动衬静，牧歌式的田园气氛，使整个画面跳动起来；尾联借典抒情，情景交融。

全诗言辞自然流畅，风格朴素清新，摆脱了初唐轻靡华艳的诗风，在当时的诗坛上别具一格。

送别崔著作东征①

陈子昂

原文

金天方肃杀②，白露始专征③。
王师非乐战④，之子慎佳兵⑤。
海气侵南部⑥，边风扫北平⑦。
莫卖卢龙塞⑧，归邀麟阁名⑨。

注释

① 崔著作：即崔融，字安成，作者的好友。

② 金天：秋天。肃杀：使万物凋萎。

③ 白露：节气名，为立秋之后第三个节气。

④ 王师：王者之师。乐战：好战。

⑤ 之子：这些从征的人，指崔融等。佳兵：用兵。

⑥ 南部：指东北契丹族叛乱南侵的部落。

⑦ 边风：北方边境的寒风。北平：指北方边疆地区。

⑧ 卢龙塞：古代军事要塞，在今河北喜峰口附近。

⑨ 麟阁（lín gé）：即麒麟阁。汉宣帝时曾画霍光等功臣像供奉于阁中，以表彰他们的功绩。

译文

在秋风萧瑟的季节，白露时分开始出兵东征契丹。

朝廷军队并非好战，而是为了抵御外敌；你们用兵一定要谨慎，不可滥杀无辜。

边关的叛乱向内地侵袭而来，我军出征，必定会所向披靡，顺利平定北疆的叛乱。

千万不要让国土丢失，班师回朝后还要邀功请赏。

赏析

该诗作于万岁通天元年（696），这一年，由于唐朝将帅对边关之事处置不当，契丹孙万荣、李尽忠发动叛乱，攻陷营州。唐王朝于同年七月以梁王武三思为榆关道安抚大使，赴边地抵御契丹。契丹辖地在今河北、辽宁一带，在都城长安之东，因此称东征。崔融时任著作佐郎，以掌书记身份随武三思出征，作者写此诗赠别。

首联点明出征送别的时间并勾画出送别时的气氛；颔联表面歌颂王师，实则规谏崔融要垂恤生灵；颈联借表现河北战场的环境盛赞唐军的兵威；尾联进一步以古人的高风节义期许友人。诗人鲜明地提出了自己对战争的看法：他一方面力主平叛，另一方面又反对穷兵黩武，反对将领们滥杀无辜，虚报战功，表达了诗人不怕用兵但要慎于用兵的政治主张。

秋登宣城谢朓北楼①

李 白

原文

江城如画里②，山晚望晴空。

两水夹明镜③，双桥落彩虹④。

人烟寒橘柚，秋色老梧桐。

谁念北楼上⑤，临风怀谢公⑥。

注释

① 宣城：唐宣州，天宝元年（742）改为宣城郡，今属安徽。谢朓（tiǎo）北楼：即谢朓楼，一作谢公楼，为南朝齐诗人谢朓任宣城太守时所建。谢朓（464—499），字玄晖，陈郡阳夏（今河南太康）人，南朝萧齐文学家。

② 江城：泛指水边的城，此处指宣城。

③ 两水：指宛溪、句溪。宛溪上有凤凰桥，句溪上有济川桥。

④ 双桥：指横跨溪水的上、下两桥。上桥即凤凰桥，在城的东南泰和门外；下桥即济川桥，在城东阳德门外。彩虹：指水中的桥影。

⑤ 北楼：即谢朓楼。

⑥ 谢公：谢朓。

　　江边的宣城如同一幅美丽的画图，山色渐晚时，我独自登上谢脁楼远眺晴空。

　　只见宛溪和句溪的水面清澈明亮如镜子一般，而横跨溪水的两座拱桥，仿佛天上落下的两道彩虹。

　　视线所及的地方人烟稀少，橘林和柚林掩映在有些寒意的炊烟之中，在这景致苍茫的秋色里，枝叶稀疏的梧桐也显得有些衰老了。

　　此情此景，除了我还会有谁能想起到谢脁北楼来，迎着萧瑟的秋风，怀念谢脁公呢？

赏析

　　此诗大约创作于"安史之乱"爆发前不久。当时李白在长安为权贵所排挤，被赐金放还，弃官而去之后，政治上一直处于失意之中，过着飘荡四方的流浪生活。天宝十二载（753）与天宝十三载（754）的秋天，李白曾两度来到宣城，此诗当作于这一时期。诗人登高远眺看到人烟凄寒，追远怀人思绪万千，联想到自己怀才不遇，不免产生无限感慨。

　　首联总摄全篇，写诗人登楼所见的概貌。中间两联是具体的描写，诗人用极其凝练的形象语言，在随意点染中勾勒出一个深秋的轮廓，透露出季节和环境的气氛，不仅写出秋景，而且写出了秋意。尾联用反问的修辞手法，倾诉了诗人无人理解的寂寞心情。全诗生动地刻画了宣城秋天的景色，表达了诗人对谢脁的怀念之情。

临洞庭①

孟浩然

原文

八月湖水平，涵虚混太清②。

气蒸云梦泽③，波撼岳阳城④。

欲济无舟楫⑤，端居耻圣明。

坐观垂钓者，徒有羡鱼情⑥。

注释

① 临洞庭：一作《临洞庭湖赠张丞相》。

② 涵：包容。虚：虚空，空间。太清：指天空。

③ 云梦泽：古时云泽和梦泽，指湖北南部、湖南北部一带的低洼地区。现已多成为陆地。

④ 撼：撼动。

⑤ 济：渡。楫（jí）：划船用具，船桨。

⑥ 羡鱼情：《淮南子·说林训》中记载："临河而羡鱼，不若归家织网。"表示希望入仕。

译文

八月的洞庭湖，水势盛涨，几乎与岸齐平；湖上水气迷蒙，与天空浑然一体。

云、梦二泽水气蒸腾茫茫，湖中波涛起伏，似乎要撼动岳阳古城。

我想渡过这湖，却苦于没有船和桨；终日闲居无事，实在有愧于圣明之世。

坐看那些垂钓之人，是多么地悠闲自在，可惜我只能空怀一片钦羡之情。

❀赏析❀

唐玄宗开元二十一年（733），孟浩然西游长安时，写了此诗赠给当时身在相位的张九龄。该诗题名又叫《临洞庭湖赠张丞相》。张丞相即张九龄，也是著名的诗人，官至中书令，为人正直。孟浩然想进入政界，实现自己的理想，希望能得到他的援引帮助。诗中通过观赏洞庭湖的景色，借景抒情，表达自己不甘隐居、渴望出仕的心情。

全诗意境开阔雄厚，感情表达委婉而得体，是一篇传世佳作。

过香积寺①

王　维

原文

不知香积寺，数里入云峰。

古木无人径，深山何处钟。

泉声咽危石②，日色冷青松。

薄暮空潭曲③，安禅制毒龙④。

注释

① 香积寺：唐代著名寺院，建于唐高宗永隆二年（681），故址在今陕西

西安附近。

② 咽（yè）：发出呜咽之声。危石：意为高耸的崖石。

③ 潭曲：毒龙的巢穴。

④ 安禅：指身心安然进入清寂宁静的境界。毒龙：佛家比喻人的欲念。见《涅槃经》："但我住处有一毒龙，想性暴急，恐相危害。"

译文

不知道香积寺在什么地方，攀登好几里的山路都是云雾缭绕。

古木参天的丛林中没有道路，不知从哪儿传来了古寺的钟声。

山中危石耸立，泉水撞击岩发出幽咽的声音；夕阳的余晖照在松林上，透出丝丝清冷的光影。

暮色降临，寂静的潭边显得更加空旷，这正是安心守禅、排除欲念的好地方。

赏析

这是一首记游之作，主要描写山中古寺之幽深静寂。题意在写山寺，但并不正面描写，所写的都是寺外的环境，由此更能烘托映衬山寺之幽静。全诗不写寺院，而寺院已在其中，构思奇妙，炼字精巧。

送郑侍御谪闽中①

高 适

原文

谪去君无恨②，闽中我旧过③。

大都秋雁少，只是夜猿多。

东路云山合，南天瘴疠和④。

自当逢雨露⑤，行矣慎风波⑥。

注释

① 侍御：官名，即侍御史，负弹劾纠举不法之责。闽中：即今福建省。

② 无恨：不要怨恨。

③ 旧过（guō）：以前去过。过，作往访解。

④ 瘴疠（zhàng lì）：山林湿热地区流行的瘴气与瘟疫等疾病。

⑤ 雨露：指朝廷的恩泽。

⑥ 风波：路途险阻，比喻事物的变动。

译文

你被贬谪到偏远之地，请不要太过怨恨，闽中这个地方我以前去过。

这里大概很少见到秋雁，深夜常听到猿猴的啼叫声。

你往东去的路上，会看到重峦叠嶂，云雾弥漫；南方虽然又湿又热，但瘴气与瘟疫并不是很严重。

你不久就会蒙受皇上的恩泽，重返京城；放心地去吧，在旅途中一定要小心谨慎，多多保重。

赏析

这是一首送别诗。诗人的朋友郑侍御被贬到当时被认为是蛮荒之地的福建，高适写此诗为他送别。该诗的特别之处在于并不以诉说依依惜别之情为主，而是侧重于用自己在闽中的经历来安慰、劝勉对方，娓娓道来，自然亲切。全诗虽无一处言情，却句句关情，体现了诗人对友人的浓情厚谊，也展现出他们真挚的友谊。

卷二 五言律诗

同王征君洞庭有怀①

张 谓②

原文

八月洞庭秋，潇湘水北流③。

还家万里梦④，为客五更愁。

不用开书帙⑤，偏宜上酒楼。

故人京洛满⑥，何日复同游。

注释

① 同：即"和"的意思。这是一首唱和之作。一作《同王征君湘中有怀》。

② 张谓（生卒年不详），唐代诗人，字正言，河内（今河南沁阳县）人。少年时在嵩山读书，二十四岁时从军北征，往来边塞十多年。后因将军获罪，他失去了归依，流落在燕蓟一带。天宝二年（743）登进士第，历官至尚书郎。《全唐诗》录存其诗一卷。

③ 潇湘（xiāo xiāng）：湘江与潇水的并称。

④ 还家：回家。

⑤ 书帙（zhì）：指书籍。

⑥ 京洛：京城长安和洛阳。

译文

八月的洞庭湖一片秋色，辽阔的潇湘之水缓缓向北流去。

我在万里之遥做着回乡之梦，作客他乡难耐五更时的离愁。

哪有心思打开书卷品读，只应举杯把盏醉卧在酒楼。

在京城长安和洛阳的那些故旧亲友，不知什么时候我才能与他们一同畅游。

赏析

这是一首思乡诗，为唐肃宗乾元元年（758）作者任尚书郎时出使夏口（今湖北武汉武昌），与诸子泛舟洞庭湖时所作。当时一同游览的王征君写了一首《湘中有怀》诗，作者以此诗相和。诗中叙述了诗人久出未归的思乡之愁，无心看书，上楼饮酒，再想到京洛友人，更是急切想与之同游，一片思乡之情跃然纸上。全诗没有秾丽的辞藻和过多的渲染，信笔写来，皆成妙谛，流水行云，悠然隽永。

幽州夜饮①

张　说

原文

凉风吹夜雨，萧瑟动寒林。

正有高堂宴②，能忘迟暮心③。

军中宜剑舞④，塞上重笳音⑤。

不作边城将⑥，谁知恩遇深。

注释

① 幽州：古州名。辖今北京、河北一带，治所在蓟县。

② 高堂宴：在高大的厅堂举办宴会。

③ 迟暮：衰老。

④ 剑舞：舞剑。

⑤ 笳（jiā）：即胡笳，古代北方民族吹奏的一种乐器。

⑥ 边城将：诗人自指。时张说任幽州都督。

译文

凉风吹着夜间的绵绵细雨，萧瑟的寒气笼罩着树林。

宽大的厅堂里，正在举行宴席，尽管热闹非凡，又怎能使我忘掉衰老迟暮的感觉。

军中最适宜舞剑助兴，边塞之地最喜欢胡笳的演奏声。

如果我不做这边城的将领，又怎能领会皇帝的知遇之恩呢？

赏析

这首诗是作者在幽州都督府所作。诗中描写了边城夜宴的情景，颇具凄婉悲壮之情。全诗信笔写来，全无雕琢的痕迹，使人感到亲切自然。"不作边城将，谁知恩遇深"二句托意深远，措辞婉曲，表面上看，似乎将愁苦一扫而光，转而感激皇帝派遣的深恩，实则是对朝廷不满，而发泄出来的一种牢骚或愤激之语。全诗遣词用字也十分精当，首尾照应，耐人回味。

卷三

七言绝句

春日偶成①

程 颢②

原文

云淡风轻近午天③，傍花随柳过前川④。

时人不识余心乐⑤，将谓偷闲学少年⑥。

注释

① 此诗一作《偶成》。偶成，偶然写成。

② 程颢（hào）（1032—1085），字伯淳，号明道，北宋洛阳（今属河南省）人，宋仁宗嘉祐二年（1057）进士，曾任上元主簿、太子中允等职，为北宋著名的理学家、教育家，与其弟程颐奠定了北宋理学基础，世称"二程"，他们的学说后来被朱熹发扬，世称"程朱理学"。

③ 云淡：云层淡薄，指晴朗的天气。午天：正午时分。

④ 傍花随柳：傍随于花柳之间。傍：依靠。随，沿着。

⑤ 时人：旁人。识：知道。余：我。

⑥ 将谓：就以为。

译文

　　云儿淡淡，风儿轻轻，时近春日中午时分，我在花丛和绿柳间穿行，朝着河岸漫步。

　　这惬意的春游呀，人们并不知道我心中的快乐，将会说我忙里偷闲，

学着年少的孩子在玩乐。

赏析

  这首诗是诗人程颢任陕西鄠（hù）县主簿，在一次春日郊游时写下的即景诗。前两句写景，后两句抒情。诗中描写了风和日丽的春日景色，抒发了春日郊游的愉快心情，表现了诗人对平淡自然的追求。

  诗人这种郊游的生活体验，和少儿中午出去在大自然中游玩的感觉是何等接近。

  全诗情景交融，趣意闲适，充满着一种可爱的率真之气。

春 日①

朱 熹②

原文

  胜日寻芳泗水滨③，无边光景一时新④。
  等闲识得东风面⑤，万紫千红总是春⑥。

注释

  ① 春日：春天。

  ② 朱熹（1130—1200），字元晦，晚年自号晦翁，徽州婺源（今江西婺源县）人，宋高宗绍兴十八年（1148）进士，曾任秘阁修撰、宝文阁待制等职，为南宋著名的理学家、思想家、诗人，精通文史，学识渊博，其诗格调清新，风格自然。

  ③ 胜日：天气晴朗的好日子。寻芳：游春，踏青。泗水：河水名，在

今山东省中部，流经曲阜、济宁。

④ 光景：风光风景。一时：一时间，一下子。

⑤ 等闲：随便，不经意。东风：春风。

⑥ 总是：都是。

译文

在春光明媚的日子，我来到泗水河边踏青游玩，无边无际的春色，给人焕然一新的感觉。

随处都能感受到春天的气息，百花开放，万紫千红，到处都是春天的景致。

赏析

此诗通过描写春游情景，展现了春日里的明媚气息，表达了含蓄的理趣。从表面上看，似乎是一首游春感怀的写景诗，实则是一首哲理诗。诗中所说寻芳的地点是泗水，而南宋时，所处山东地区的泗水早被金人侵占，属于金朝的统治范围，朱熹未曾北上，当然不可能在泗水之滨游春吟赏。所以诗中的"泗水"暗指孔门，因为春秋时孔子曾在这里授徒讲学。所谓"寻芳"，是指探寻圣人之道。"无边光景"所示空间极其广大。"东风"暗喻教化，"万紫千红"喻孔学的丰富多彩。诗人将这些哲理融化在生动形象的景物之中，避免生硬枯燥乏味的说理，可谓独具匠心。

全诗情景交融，富有理趣，其中"等闲识得东风面，万紫千红总是春"两句，历来被传为名句。

春宵①

苏 轼②

原文

春宵一刻值千金③，花有清香月有阴④。

歌管楼台声细细⑤，秋千院落夜沉沉⑥。

注释

① 此诗题又作《春夜》。

② 苏轼（1037—1101），字子瞻，号东坡居士，北宋眉州眉山（今四川省眉山县）人，与父苏洵、弟苏辙同为北宋散文名家，同列唐宋八大家，被称为"三苏"。宋仁宗嘉祐二年（1057）进士，曾任翰林学士，一生多次被贬，仕途坎坷。其诗题材广阔，豪放雄健，善用夸张比喻，独具风格。

③ 春宵：春夜。一刻：刻，计时单位，古代用漏壶记时，一昼夜共分为一百刻。诗人用一刻比喻时间短暂。

④ 月有阴：指月光投在花影的下面。

⑤ 歌管：歌声和萧、笛等乐器发出的音乐声。细细：指声音悠扬清晰。

⑥ 夜沉沉：形容夜深。

译文

　　春天的夜晚，即便是极短的时间也十分珍贵，花朵散发出丝丝缕缕的清香，月光在花下投射出朦胧的阴影。

清悠的歌声和乐曲声从富贵人家的楼台上缓缓飘来，夜已经很深了，挂着秋千的庭院已是一片寂静。

赏析

这是一首状物抒情的作品，诗人用警醒的语句单刀直入，点明主旨，富于哲理意味，接着以欢快流畅的语言从嗅觉、视觉、听觉描写春天夜空中的花香、月影以及楼台上的歌管之声，抒发了浓郁的惜春之情。全诗立意深远，耐人寻味，特别是"春宵一刻值千金"更成为千古传诵的名句。

城东早春①

杨巨源②

原文

诗家清景在新春③，绿柳才黄半未匀④。

若待上林花似锦⑤，出门俱是看花人⑥。

注释

① 城东：指长安城东。

② 杨巨源（755—832），字景山，后改名为巨济，唐代河中（今山西永济县）人，唐德宗贞元五年（789）进士，曾任太常博士、国子司业、河中少尹等职位，七十岁时退归乡里，其诗学白居易，风格清新明丽。

③ 诗家：诗人的统称。清景：清秀美丽的景色。

④ 才黄：刚刚露出嫩黄。未匀：不匀称。

⑤ 上林：指上林苑，皇帝的御花园，这里泛指长安的花园。

⑥ 俱：全，都。

译文

　　早春的清新景色，是我的最爱，柳枝刚刚吐出嫩芽，鹅黄之色尚未均匀。

　　如果到了京城长安繁花盛开的时候，那将满城都是出门赏花的人。

赏析

　　这是一首写景诗，诗人描写了长安城东迷人的早春景色，抒写了对早春的热爱和赞美之情。

　　诗人用边议论边写景的手法来写此诗，前两句突出诗题中的"早春"之意。首句是诗人在城东游赏时对所见早春景色的赞美。次句紧接首句，是对早春景色的具体描绘。早春时，柳叶新萌，其色嫩黄，诗人通过"才""半未匀"等字眼，突出早春的"早"和"新"，显得生机勃勃，色彩饱满。后两句笔锋一转，呈现出繁花似锦的春色，来反衬早春的"清景"，两相对比，鲜明地表现了早春的可爱，反衬出诗人对早春清新之景的喜爱。

　　全诗语言精练，构思巧妙，对比鲜明，蕴含深刻，堪称写景佳篇。

初春小雨①

韩　愈②

原文

　　天街小雨润如酥③，草色遥看近却无。
　　最是一年春好处④，绝胜烟柳满皇都⑤。

注释

① 此诗题为编者所拟，原集题为《早春呈水部张十八员外》。张十八，即诗人张籍，时任水部员外郎。

② 韩愈（768—824），字退之，河南河阳（今属河南）人，唐代著名文学家、哲学家。晚年任吏部侍郎，称"韩吏部"，死后谥"文"，又称"韩文公"，因其祖先曾居昌黎（今辽宁义县），故世称"韩昌黎"。有《昌黎先生集》传世。

③ 天街：京城长安的街道。润：滋润。酥：动物的油，形容春雨的细腻。

④ 最是：正是。处：时。

⑤ 绝胜：远远超过。烟柳：飘着柳絮的垂柳。皇都：京城长安。

译文

京城长安的街道上空丝雨绵绵，像酥酪般细密而滋润，小草钻出地面，远望草色仿佛连成一片，近看时却显得稀疏零星。

这是一年中最美的景色，远胜于京城柳絮纷飞如烟的暮春。

赏析

这首诗作于公元823年早春。当时韩愈已经56岁，任吏部侍郎，这是他一生仕途中所任的最高官职。此诗是写给当时任水部员外郎的诗人张籍的。张籍在兄弟辈中排行十八，故称"张十八"。诗中赞美了早春下小雨后长安街上万物复苏、草木萌动的景象，抒发了内心愉悦的感受。

诗的首句点出初春小雨，以"润如酥"来形容它的柔和轻细，准确写出了它的特点。第二句用远看、近看的对比手法描画了春雨过后青草萌发的朦胧景象。后两句诗人由写景转入实赞，用春意最浓时的景致作对比，突出自己对早春的喜爱。全诗着眼于滋润万物的细雨及富有生命力的小草来咏早春，出句清奇，别出新意，彰显了诗人敏锐的观察力和高超的诗笔，给读者以无穷的美感趣味。

元 日①

王安石

原文

爆竹声中一岁除②，春风送暖入屠苏③。

千门万户曈曈日④，总把新桃换旧符⑤。

注释

① 元日：农历正月初一，即春节。

② 一岁除：一年已经过去。除，过去。

③ 屠苏（tú sū）：指屠苏酒，用屠苏、肉桂、山椒、白术等药浸泡而成。饮屠苏酒是古代过年时的一种习俗，大年初一全家合饮屠苏酒，以驱邪避瘟疫，求得长寿。

④ 曈曈（tóng）：日出时光亮温暖的样子。

⑤ 桃：桃符，古代有一种风俗，农历正月初一时人们用桃木板写上神荼、郁垒两位神灵的名字，悬挂在门旁，用来驱邪。

译文

在清脆的爆竹声中送走旧的一年，在和煦的春风中迎来新年，人们畅饮着新酿的屠苏酒。

初升的太阳照耀着千家万户，各家都忙着把旧的桃符取下，换上新的桃符。

卷三 七言绝句

✿ 赏析 ✿

　　公元1068年，王安石上书主张变法，得到了宋神宗的支持。次年被任命为参知政事，主持变法。同年新年，王安石见家家忙着准备过春节，联想到变法伊始的新气象，心有所感而创作了此诗。诗中通过描写新年元日热闹、欢乐和万象更新的景象，抒发了诗人推行新法的政治决心，充满欢快及积极向上的奋发精神。

　　诗的首句紧扣题目，写人们在阵阵鞭炮声中送走旧岁，迎来新年，渲染春节热闹欢乐的气氛。次句写人们迎着和煦的春风，开怀畅饮屠苏酒。第三句承接前面诗意，写旭日的光辉普照千家万户。结尾一句既是写当时的民间习俗，又寓含除旧布新的意思，与首句爆竹送旧岁紧密呼应，形象地表现了万象更新的景象。全诗笔调轻快明朗，眼前景与心中情水乳交融，是一首融情入景、寓意深刻的佳作。

立春偶成①

张　栻②

原文

　　律回岁晚冰霜少③，春到人间草木知。
　　便觉眼前生意满④，东风吹水绿参差⑤。

注释

　　① 此诗又作《立春日禊亭偶成》。立春，节气名，代表着春季的开始。

② 张栻（shì）（1133—1180），字敬夫，又字乐斋，号南轩，南宋汉州绵竹（今属四川省）人，曾任吏部侍郎兼侍讲，为著名的理学家，与朱熹、吕祖谦齐名。其诗多清淡雅致之作，著有《南轩易说》《孟子说》《论语解》《南轩文集》等。

③ 律回：大地回春之意。古人以音乐上的十二音律来比拟一年的十二个月。春夏六个月属阳，称为"律"。秋冬六个月归阴，称为"吕"。岁晚：年终。

④ 生意：生机，活力。满：遍布，充满。

⑤ 参差（cēn cī）：高低不齐，此处形容水波起伏不定的样子。

译文

立春时节，天气渐渐转暖，冰霜已经很少了，沉睡一冬的草木苏醒过来，最先感觉到了春天的到来。

眼前绿色一片，生机盎然，春风吹来，水面碧波荡漾。

赏析

这是一首节令诗，生动地描绘了一派生机勃勃、万物复苏的春日图景。诗人抓住了冬去春来的几个典型特征，通过春草、春树、春水写出"一元复始，万象更新"，昭示春意盎然的景象，展现出春天的生命力。同时，诗人通过"草木知""生意满"等形象的描写，生动地再现了大自然初春的无尽活力，使自己积极乐观的情绪得到了充分的表达。全诗活泼自然，感情丰富，洋溢着饱满的生活热情。

清平调词①

李　白

原文

云想衣裳花想容②，春风拂槛露华浓③。

若非群玉山头见④，会向瑶台月下逢⑤。

注释

① 清平调：为乐府歌曲名称，所以此诗并非"诗"，而是"词"，为唐玄宗自度曲，李白按其曲调所创作的。《清平调》共三首，这是其中一首。

② 想：好似，好像。

③ 槛（jiàn）：栏杆。露华浓：牡丹花沾着晶莹的露珠更显得颜色艳丽。

④ 群玉：指群玉山，传说为西王母居住的仙山。

⑤ 会：应当。瑶台：即瑶池，古代传说中仙子居住的地方。

译文

见到云霞就会使人想到她飘逸的衣裳，见到艳丽的鲜花就会使人想起她娇美的容颜。春风吹拂着栏杆，那露珠润泽的花色显得更加浓艳。

如此国色天香，这样的美女如果不是在神仙居住的群玉山头见到的话，就只有在瑶池的月光下才能与她相逢。

赏析

这首诗是李白在长安为翰林时所写，为一首歌颂之作，旨在赞颂杨贵

妃的衣饰和花容月貌。诗的第一句用了两个比喻，将杨贵妃的衣服比作云霞，将容貌比作花朵，把杨贵妃的美丽形象地描绘了出来。第二句用春风露华润泽，来形容杨贵妃受君王宠幸。第三、四句用"若非""会向"二词，表现了像杨贵妃这样的美女世间罕有，天下无双，盛赞了杨贵妃美丽的姿颜。

全诗语言精妙，比拟传神，构思灵巧，显示出诗人高超的艺术功力。

绝 句

杜 甫

原文

两个黄鹂鸣翠柳①，一行白鹭上青天②。

窗含西岭千秋雪③，门泊东吴万里船④。

注释

① 黄鹂：黄莺。

② 白鹭（lù）：一种鸟，羽毛纯白，能高飞。

③ 西岭：即成都西南的岷山。千秋雪：指西岭雪山上长年不化的积雪。

④ 东吴：古时候吴国的领地，指长江下游的江苏一带。

译文

两只黄莺在翠绿的柳枝之间欢喜地鸣叫着，宛如优美的歌声，抬眼望去，一行白鹭在天空中飞翔。

由窗口向西南方向的岷山望去，那高耸的山峰之上覆盖着长年不化的

积雪；门前是宽阔浩荡的江水，江面上停泊着很多船只，大概是从万里之外的东吴而来。

公元755年，"安史之乱"爆发，杜甫一度避往梓州。公元763年，叛乱得以平定，杜甫回到成都草堂。此时，他心情舒畅，面对眼前一派生机勃勃的景象，情不自禁，写下这一首即景小诗。诗中生动地描绘了浣花溪畔草堂附近的优美景色，展现了诗人在春日里悠闲自得的心境。全诗每句一景，是四幅独立的图景，其中有近景，有远景，有静态，有动态，色彩绚丽，语言明快，构成了一幅绚丽多彩、幽美平和的画卷，令人心旷神怡，百读不厌。

海 棠

苏 轼

原文

东风袅袅泛崇光①，香雾空蒙月转廊②。
只恐夜深花睡去③，故烧高烛照红妆④。

注释

① 东风：春风。袅袅（niǎo niǎo）：微风轻轻吹拂的样子。崇光：春光，此指海棠荡漾着光华。

② 空蒙：空灵而迷蒙。转：转移。

③ 恐：担心。花睡去：出自唐玄宗赞杨贵妃"海棠睡未足耳"的典故，

以海棠睡眠比喻贵妃未醒。诗人在这里使用了这一比喻。

④ 红妆：比喻海棠花。

译文

春风轻拂着海棠花，花儿透出美妙的光华。香气如雾，空灵而迷蒙，月光移过了院中的回廊。

由于害怕在这深夜时分，花儿会睡去，因此点燃高高的蜡烛，照耀着红艳艳的海棠。

赏析

这首诗写的是诗人在花开时节赏花的情景，表现了海棠优雅脱俗的美，抒发了诗人爱花、惜花的感情。写此诗时，被贬黄州的诗人已过不惑之年，但此诗却没有给人颓唐、萎靡之气，字里行间都能感受到诗人达观、潇洒的胸襟。全诗语言浅近而情意深永，读来耐人寻味。

清 明①

杜 牧②

原文

清明时节雨纷纷，路上行人欲断魂③。

借问酒家何处有④，牧童遥指杏花村⑤。

注释

① 清明：中国传统二十四节气之一，一般在阳历4月5日前后。旧俗当天有扫墓、踏青、插柳等活动。

卷三 七言绝句

85

② 杜牧（803—852），字牧之，唐代京兆万年（今陕西西安）人，祖居长安下杜樊乡，因称"杜樊川"，唐文宗大和二年（828）进士，但并未做过高官，只做过州刺史、司勋员外郎和中书舍人等官职。杜牧很有政治抱负，咏史诗非常出色。

③ 欲断魂：形容极度伤感愁苦。

④ 借问：请问，向人问路。

⑤ 杏花村：当指今安徽贵池市（唐属池州）城西之杏花村，以产酒著名。

译文

清明节这天细雨纷纷飘洒，路上的行人好像断魂落魄一样。

询问当地人哪儿有酒家可以买酒浇愁，牧童指向了杏花深处的村庄。

赏析

杜牧曾任池州刺史，据《江南通志》记载，这首诗就是他在池州上任时所写，表现了诗人清明春雨中的所见。第一句交代情景、环境、气氛，是"起"；第二句是"承"，写出了人物，显示了人物的凄迷纷乱的心境；第三句是"转"，提出了如何摆脱惆怅思绪的办法；第四句，以牧童遥指结束全篇，把读者带入了一个与前面哀愁不同的境界。

全诗内容浅显，描写由低而高、逐步上升，把高潮放在最后，读来余韵邈然，耐人寻味。

清 明

王禹偁①

原文

无花无酒过清明，兴味萧然似野僧②。

昨日邻家乞新火③，晓窗分与读书灯④。

注释

① 王禹偁（chēng）（954—1001），字元之，北宋济州巨野（今山东巨野）人，为宋太宗时期进士，历数官，因正直敢言，屡遭贬谪。其诗歌风格自然平易，内容上有些反映了民间疾苦。

② 兴味：兴趣、趣味。萧然：清净冷落。

③ 新火：唐宋习俗，清明前一日为寒食节，要禁火寒食，到清明节再起火，称为新火。

④ 晓窗：清晨的窗户。

译文

在无花可赏、无酒可饮的情况下度过清明节，这样寂寞清苦的生活，如同住在荒山野庙里的僧人一样。

昨天从邻家讨来新燃的火种，天蒙蒙亮时就在窗前点灯，坐下来潜心读书。

〰〰〰赏析〰〰〰

　　该诗以清明时节为背景，描写了古代清贫知识分子萧条冷清的生活，表达了诗人生活的艰难和以读书为乐的情怀。

　　时逢清明佳节，在他人插柳赏花、踏青饮酒的时候，诗人却兴味索然，清苦得像荒山野寺中的僧人，只好乞得火种，挑灯夜读，直到拂晓。全诗运用衬托、对比的手法，再现了古代清贫寒士的困顿生活，给人凄凉、清苦之感。此诗风格质朴，用笔传神，在选题上独具一格，堪称佳作。

社 日①

王 驾②

原文

鹅湖山下稻粱肥③，豚栅鸡栖对掩扉④。
桑柘影斜春社散⑤，家家扶得醉人归。

注释

　　① 社日：古代春秋两次祭祀土神，全村的人聚在一起祭祀、宴会，称春社、秋社，这里指的是春社。该诗题在《全唐诗》中，诗题又作《社日村居》。

　　② 王驾（851—？），字大用，自号守素先生，唐代河中（今属山西）人，为昭宗朝进士，曾任校书郎、礼部员外郎，与司空图、郑谷为诗友，其诗构思巧妙，自然流畅，为司空图所推崇。一说此诗作者为张演。

③ 鹅湖山：山名，在今江西省铅山县。

④ 豚栅（tún zhà）：小猪猪圈。鸡栖（qī）：鸡窝。扉：门户。

⑤ 桑柘（zhè）：桑树和柘树，这两种树叶均可用来养蚕。春社散：春社的聚宴已经散去。

译文

鹅湖山下，稻米和高粱长势喜人，家家户户猪满圈、鸡成群，门扇半开半掩。

日落时分，桑树和柘树的影子越来越长，春社的欢宴才散去，喝得醉醺醺的人在家人搀扶下回归家中。

赏析

这是一首描写乡村社日风俗的诗，通过记述鹅湖山下一个村庄社日里的欢乐景象，呈现出一幅富庶、兴旺的江南农村风俗画。全诗没有一字正面写社日，但却通过一些极富农村生活情调的画面勾勒，诸如"稻粱肥""醉人归"和"豚栅""鸡栖"，烘托出山村节日的热闹和欢快。全诗角度巧妙，匠心独运，读来余韵无穷。

寒 食①

韩 翃②

原文

春城无处不飞花③，寒食东风御柳斜④。

日暮汉宫传蜡烛⑤，轻烟散入五侯家⑥。

千家诗全鉴

注释

① 寒食：节令名。清明前一天或两天。相传春秋时晋文公为纪念大夫介子推烧山时抱木而死，因而禁火、寒食，后演变成习俗。

② 韩翃（hóng）（生卒年不详），字君平，唐代南阳（今属河南）人，唐玄宗天宝十三年（754）进士，官至中书舍人，为"大历十才子"之一。

③ 春城：春天的长安城。飞花：形容风吹花落的样子。

④ 御柳：皇帝御花园里的杨柳。

⑤ 日暮：日落，这里指夜晚。汉宫：这里比喻唐朝的皇室。传蜡烛：虽然寒食节禁火，但公侯之家受赐可以点蜡烛。

⑥ 轻烟：蜡烛的烟。五侯：西汉成帝封其五位妻舅为侯，东汉桓帝也曾封了五个得宠的宦官为侯，两者都称五侯，这里以五侯喻皇戚权贵。

译文

暮春时节，长安城处处飘舞着杨絮、落红无数，寒食节的东风把宫中的柳枝吹得摇曳倾斜。

黄昏时分，皇宫内传出蜡烛赏赐王侯近臣，袅袅轻烟飘散到那些权贵人家。

赏析

这是一首借汉代的事来讽喻唐代的讽刺诗。从表面上看，似乎描写的是长安城柳絮飞舞、落红无数的迷人春景，还有那皇宫园林中的风光，实际上，透过字里行间，可感受到作者内心的强烈不满，以及对当时权势显赫、作威作福的宦官进行的辛辣讽刺。全诗笔法巧妙，蕴意深刻，含蓄而富情韵。

江南春

杜 牧

原文

千里莺啼绿映红①，水村山郭酒旗风②。

南朝四百八十寺③，多少楼台烟雨中④。

注释

① 莺（yīng）啼：即莺啼燕语。绿映红：红花绿叶相互辉映。

② 山郭（guō）：靠山的城墙。酒旗：挂在酒店门前作为酒店标记的旗子，类似招牌。

③ 南朝：指先后与北朝对峙的宋、齐、梁、陈政权。四百八十寺：南朝皇帝和大官僚好佛，在京城（今南京市）大建佛寺。据《南史·循吏·郭祖深传》说："都下佛寺五百余所。"这里说四百八十寺，是虚数。

④ 楼台：楼阁亭台，此处指寺庙。烟雨：细雨蒙蒙，如烟如雾。

译文

千里江南，到处莺歌燕舞，有相互映衬的红花绿草，在临水的村庄，有依山的城郭，到处都有迎风招展的酒旗。

南朝所建的四百八十多座寺庙，如今都沧桑地笼罩在一片烟雨之中。

卷三 七言绝句

❧ 赏析 ❧

　　本篇是一首描写江南风光的诗。诗中不仅描绘了明媚的江南春光，还再现了江南烟雨蒙蒙的楼台景色，勾勒出了一幅生动形象、丰富多彩的美丽画卷，呈现出一种深邃幽美的意境，表现了诗人对江南美景的赞美与热爱。千百年来，素负盛誉，流传极广。

游园不值①

叶绍翁②

原文

　　应怜屐齿印苍苔③，小扣柴扉久不开④。

　　春色满园关不住，一枝红杏出墙来。

注释

　　① 不值：没得到机会。值，遇到。

　　② 叶绍翁，字嗣宗，号静逸，生卒年不详，南宋龙泉（今属浙江）人。约活动于南宋宁宗、理宗时期（1195—1264），做过一些小官，后弃官，长期隐居钱塘西湖之滨。

　　③ 屐齿 (jī chǐ)：木屐下防止滑倒的木齿。

　　④ 小扣：轻轻地敲门。柴扉 (fēi)：用木柴、树枝编成的门。

译文

　　也许是园主担心我的木屐踩坏他那爱惜的青苔，轻轻地几次叩响柴门，却久久没有人来开。

可是这满园的春色毕竟是关不住的，你看，那一枝红杏已伸出墙头来。

赏析

这首诗描写了诗人春日游园的所见所感。开头先写诗人游园看花而进不了园门，感情上是从有所期待到失望遗憾；后看到一枝红杏伸出墙外，进而领略到园中的盎然春意，感情又由失望到意外之惊喜，写得十分曲折而有层次。尤其第三、四两句，既渲染了浓郁的春色，又揭示了深刻的哲理，形象地说明一切美好向上的事物都是封锁不住、禁锢不了的。全诗情景交融，含义深厚，富有理趣。

客中行①

李 白

原文

兰陵美酒郁金香②，玉碗盛来琥珀光③。

但使主人能醉客④，不知何处是他乡。

注释

① 此诗一作《客中作》。客中，指旅居他乡。

② 兰陵：中国古代名镇，在今山东省临沂市苍山县兰陵镇。郁金香：郁金，一种香草，用以浸酒，浸酒后呈金黄色，这里指郁金香散发出的香气。

③ 琥珀（hǔ pò）：一种树脂化石，呈黄色或褐色，可作饰物，这里用来形容美酒的色泽。

④ 但使：只要。醉客：使客人喝醉。

卷三 七言绝句

译文

兰陵美酒就像郁金香一样芬芳四溢。倒进精美的玉碗中，就会泛出琥珀一样晶莹的光泽。如果主人端出此等好酒，就能让异乡的来客欢情醉倒，甚至醒来时，还分不清身在哪里。

赏析

这首诗当写于开元年间（713—741）李白漫游东鲁时，而以兰陵为"客中"，应是入长安前的作品，诗又名"客中作"。诗的前两句极力写酒的名贵与色泽，后两句盛赞主人的殷勤好客，并借此抒发了诗人的豪情逸兴。全诗一反羁旅乡愁，抒写了虽为客居却乐而不觉的愉快心情，充分体现了李白诗豪放飘逸、放浪不羁的特色。

玄都观桃花①

刘禹锡

原文

紫陌红尘拂面来②，无人不道看花回③。
玄都观里桃千树④，尽是刘郎去后栽⑤。

注释

①《全唐诗》中，此诗题为《元和十年自郎州召至京戏赠看花诸君子》。玄都观：道教庙宇名，在长安城南崇业坊（今西安市南门外）。

② 紫陌（zǐ mò）：京城长安的道路。红尘：尘埃，人马往来扬起的尘土。拂面：迎面、扑面。

③ 看花回：看完桃花回来。

④ 桃千树：形容桃树之多。

⑤ 刘郎：作者自谓。

译文

京城的大道上行人车马川流不息，扬起的灰尘扑面而来，人们都说自己刚从玄都观里看完桃花回来。

玄都观里有上千棵桃树，都是在我被贬谪离开京城后栽下的。

赏析

唐永贞元年（805），刘禹锡参加王叔文政治革新失败后，被贬离长安到连州做刺史，半途又被贬为朗州司马。到了元和十年（815），朝廷有人想起用他以及和他同时被贬的柳宗元等人，于是他从朗州被召回京。这首诗，为诗人从朗州回到长安时所写。由于刺痛了当权者，同年又被贬往连州。

诗的前两句写人们去玄都观看桃花的情景，不写花之动人，而写看花的人为花所动，既巧妙又简练；后两句表面是写玄都观里的桃树都是自己离别长安十年后新栽的，并且都长大了，实则影射贤良被逐，小人得势，抒发了诗人对朝廷新贵的讽刺与蔑视之情。

再游玄都观①

刘禹锡

原文

百亩庭中半是苔②，桃花净尽菜花开③。

种桃道士归何处④，前度刘郎今又来。

注释

① 再游：重游。公元815年（元和十年）玄都观赏花后，刘禹锡被贬出京，十四年后重被召回，写下此诗。

② 百亩：表示面积大，并非实指。庭，指玄都观。苔（tái）：苔藓、青苔。

③ 净尽：全都没有了。菜花：野菜花。

④ 种桃道士：暗指当年打击王叔文、贬谪刘禹锡的权贵者。

译文

玄都观偌大的庭院有一半长满了青苔，原盛开的桃花全都没有了，只有菜花在开放。

先前那些种植桃花的道士到哪里去了呢？前次在这里赏花的我现在又回来了。

赏析

这首诗是前一首诗的续篇。诗人在调离出京十四年后又被召回，旧地重游写下此诗。诗中不仅是物是人非的感叹，更是诗人个人际遇的慨叹。诗中仍以桃花为喻，前两句写玄都观中桃花的盛衰存亡。后两句以种桃道士来比喻扶持新贵的权臣，自然地道出了朝廷上人事的变迁，暗喻世事变幻，权贵失势。诗人在这里投以轻蔑的嘲笑，从而显示了自己的不屈和乐观心境。

全诗格调诙谐而轻快，用比拟的方法，对当时的人、事加以讽刺，除了寄托的寓意外，仍然体现了一个独立而完整的意象，体现了高妙的艺术手法。

滁州西涧①

韦应物

原文

独怜幽草涧边生②，上有黄鹂深树鸣③。

春潮带雨晚来急④，野渡无人舟自横⑤。

注释

① 滁州：今安徽省滁州以西。西涧：滁州城西的一条河流，俗称上马河。

② 独怜：唯独喜欢。幽草：幽谷里的小草。

③ 黄鹂：黄莺。深树：枝叶茂密的树。

④ 春潮：春天的潮汐。

⑤ 野渡：郊野的渡口。横：指随意飘浮。

译文

我偏爱这河边生长的幽幽野草，还有那树丛深处婉转啼唱的黄鹂。

傍晚的春潮夹带着雨水，来得非常急促。荒野渡口无人，只有一只小船横在江水上。

赏析

这首诗被认为是唐德宗建中二年（781）作者任滁州刺史时所作。诗人时常独步郊外，滁州西涧便是他经常光顾的地方。作者喜爱这里的景色，一天又来到滁州西涧（在滁州城西郊野）游览，写下了这首诗情浓郁的小诗。

该诗描写了春天滁州西涧的优美景色，以及晚潮带雨时野渡的景象，表露出诗人安贫守节、不随势俯仰的情趣，蕴含着一种不在其位、不得其用的无奈、忧伤的情怀。

花　影

谢枋得

原文

重重叠叠上瑶台①，几度呼童扫不开②。
刚被太阳收拾去③，却教明月送将来④。

注释

① 重重叠叠：形容地上的花影一层又一层，很浓厚。瑶台：高台。
② 几度：几次。
③ 收拾去：指日落时花影消失，好像被太阳收拾走了。
④ 教：让。送将来：将……送回来。

译文

　　亭台上花的影子重重堆积，一层一层直上高台，几次叫童儿去清扫，却始终扫不掉。

　　傍晚太阳西下时，花影刚刚消失，可是月亮又升起来了，花影又随着月光出现了。

这是一首咏物诗，诗人借吟咏花影，抒发了自己想要有所作为，却又无可奈何的心情。诗中前两句用重重叠叠的花影比作朝廷中盘踞高位的小人，用"扫不开"写花影难除，显现出诗人憎恶花影之情；后两句用"收拾去"和"送将来"的变化，比喻小人暂时销声匿迹，但最终仍然出现在政治舞台上，再次说明了朝廷的腐败无能，抒发了诗人的愤懑和无奈之情。

从诗中可以看出，诗人巧妙将自己内心的感情变化寓于花影的变化之中，使得该诗言近旨远，意在言外，巧妙含蓄。

晚 春

韩 愈

原文

草树知春不久归①，百般红紫斗芳菲。

杨花榆荚无才思②，惟解漫天作雪飞③。

注释

① 不久归：将结束。

② 榆荚（yú jiá）：亦称榆钱。榆未生叶时，先在枝间生荚，荚小，形如钱，荚老呈白色，随风飘落。

③ 惟解：只知道。

译文

花草树木知道春天即将过去，都想留住春天的脚步，纷纷争奇斗艳。

就连那没有美丽颜色的杨花和榆钱也不甘寂寞，随风起舞，好像漫天飞雪。

赏析

　　这是一首描绘暮春景色的诗作，诗题又叫《游城南晚春》。借百卉千花争奇斗艳的常景，表达了诗人的晚春迟暮之感。全诗工巧奇特，别开生面，描景状物体物入微，给人以满眼风光、耳目一新的印象。

有　约①

赵师秀②

原文

　　黄梅时节家家雨③，青草池塘处处蛙。

　　有约不来过夜半，闲敲棋子落灯花④。

注释

　　① 有约：约请客人相会。

　　② 赵师秀（1170—1219），字紫芝，号灵秀，亦称灵芝，又号天乐。永嘉（今浙江温州）人，南宋诗人。他开创了"江湖派"一代诗风，与徐照、徐玑、翁卷并称"永嘉四灵"。其诗风格清丽，瘦劲清苦。

　　③ 黄梅时节：每年的农历四五月间，江南的梅子正熟之时，大都是阴雨连绵的时候，所以称江南雨季为"梅雨季节"或"黄梅时节"。

　　④ 灯花：旧时以油灯照明，灯芯烧残后会变成花一样的形状。

梅子黄时，江南细雨不停，家家户户都笼罩在烟雨之中，长满青草的池塘里，传来阵阵青蛙的鸣叫声。

已经是午夜时分，朋友却没有如约到来，我无聊地敲动着棋子，震落了点油灯时灯芯结出的疙瘩。

赏析

这是一首写景诗，描写了诗人在一个风雨交加的晚上期待客人到来的情景。

诗的前两句交代了当时的环境和时令，"黄梅""雨""池塘""蛙声"，写出了江南梅雨季节的夏夜之景；后两句点出了人物和事情，主人深夜仍在候客，无所事事，灯前闲敲棋子。"闲敲棋子"看是一个不经意间的小动作，却入木三分地刻画出诗人耐心等待和期盼客人到来的心情。全诗情景交融、清新隽永、耐人寻味。

闲居初夏午睡起

杨万里

原文

梅子留酸软齿牙①，芭蕉分绿与窗纱②。
日长睡起无情思③，闲看儿童捉柳花④。

注释

① 梅子：即杨梅，味道极酸。软齿牙：一作溅齿牙，指梅子的酸味渗

透牙齿。

② 芭蕉分绿：芭蕉的绿色映照在纱窗上。与：给予。

③ 无情思：没有情绪，指无所适从，不知做什么好。

④ 捉柳花：戏捉空中飞舞的柳絮。柳花，即柳絮。

译文

　　梅子的味道很酸，吃过后牙齿间感到十分酸软，青翠的芭蕉树，把它的绿色映衬到了纱窗上。

　　春去夏来，日长人倦，午睡后起来感觉很无聊，在一旁悠闲地观看小孩天真滑稽的捕捉空中飘飞的柳絮。

赏析

　　这是一首充满生活情趣的诗作，描写了作者午睡初起，没精打采，当看到儿童戏耍追逐柳絮时，童心萌发的心境。前两句点明初夏季节，后两句表明夏日昼长，百无聊赖之意。

　　该诗抓住生活中常见的细小情态进行描绘，淋漓尽致地把诗人心中那份恬静闲适和对乡村生活的喜爱之情表现出来。

三衢道中①

曾　几②

原文

　　梅子黄时日日晴③，小溪泛尽却山行④。
　　绿阴不减来时路⑤，添得黄鹂四五声⑥。

① 三衢（qú）：即衢州，今浙江省常山县，因境内有三衢山而得名。

② 曾几（1084—1166），字吉甫，号茶山居士，赣州（今江西赣州市）人，南宋诗人。曾几学识渊博，是陆游的老师，后人将其列入江西诗派。其诗多唱酬题赠之作，风格闲雅清淡。

③ 梅子黄时：指五月，梅子成熟的季节。

④ 小溪泛尽：乘小船走到小溪的尽头。却：再，又。

⑤ 不减：并没有少多少，差不多。

⑥ 黄鹂（lí）：黄莺。

译文

梅子熟透了的时候，天天都是晴朗的好天气，乘小舟沿着小溪走到尽头又改走山路。

山路上的绿荫一点也不比上一段路少，深林丛中还传来几声黄鹂的鸣叫声，比来时更增添了些幽趣。

赏析

该诗的作者是一位旅游爱好者，这首诗是他在游览浙江衢州三衢山时所写，表达了诗人对旅途风物的新鲜感受。诗的前两句交代了出行时间和出行路线，诗人乘轻舟泛溪而行，溪尽而兴不尽，于是舍舟登岸，步行游山。后两句写绿树荫浓，清静宜人，更有黄鹂啼鸣，幽韵悦耳，渲染出诗人舒畅愉悦的情怀。

全诗构思精巧，节奏明快，将一次平常的行程写得多姿多彩，极富意趣。

卷三 七言绝句

即 景

朱淑真

原文

竹摇清影罩幽窗①，两两时禽噪夕阳②。

谢却海棠飞尽絮③，困人天气日初长④。

注释

① 幽窗：幽暗的窗口。

② 时禽：泛指应时的雀鸟。

③ 谢却：凋谢。飞尽：飞落不见。

④ 困人天气：指初夏使人慵懒的气候。初：开始。

译文

竹子在微风中轻摇摆动，清雅的影子笼罩在幽暗的窗户上，成双成对的鸟儿正在夕阳下尽情地盘旋，鸣叫不停。

海棠花已经凋谢，飘飞的柳絮也落尽了，让人感到乏困的初夏来临，白天也开始变得越来越长。

赏析

这首诗描写了春末夏初的景象，同时也借景抒发了诗人郁郁寡欢的心情。诗的前两句有静有动，静态中的"清影"和"幽窗"，动态中的"竹摇"和"鸟噪"交相辉映；后两句将前句中的烦躁情绪进一步深化，写初夏时分海棠花谢，柳絮飞尽，白天越来越长了，给人一种困乏的感觉。

全诗将捕捉到的景物与心境联系起来，进行细腻描述，准确传神，极具感染力。

山亭夏日

高　骈

原文

绿树阴浓夏日长①，楼台倒影入池塘。
水精帘动微风起②，满架蔷薇一院香③。

注释

① 阴浓：指树丛阴影浓密。

② 水精帘：又名水晶帘，是一种质地精细的帘。比喻晶莹华美的帘子。李白《玉阶怨》"却下水晶帘，玲珑望秋月"。

③ 蔷薇（qiáng wēi）：花名。夏季开花，有红、白、黄等色，美艳而香。

译文

绿树蔽日，浓荫稠密，夏日的白天漫长，楼台的倒影映入了明镜的池塘中。

微风轻拂，水波荡漾，好像水晶的帘子在摆动，满架蔷薇夺目艳丽，惹得一院芳香。

赏析

这是唐末将领高骈的一首诗作，描写了山亭夏日的风光。诗人将映入眼中的景象，用近似绘画的手法，呈现了绿树浓荫，楼台倒影，池塘明镜，水波清澈，满架蔷薇，构成了一幅色彩鲜丽、情调清和的图画，表达了作者对夏日乡村风景的热爱和赞美之情。

田 家

范成大①

原文

昼出耘田夜绩麻②，村庄儿女各当家。
童孙未解供耕织③，也傍桑阴学种瓜④。

注释

① 范成大（1126—1193），字致能，号石湖居士，吴县（今江苏苏州市）人。进士出身。曾充赴金使节。官至四川制置使（掌管边防军务的长官）、参知政事（副宰相）。他是南宋极负盛名的诗人之一，与杨万里、陆游、尤袤合称南宋"中兴四大诗人"。他的词所涉及的面没有诗那么广阔，主要写自己闲适的生活，缺少社会意义。今传《石湖词》。

② 耘（yún）田：除草。绩麻：把麻搓成线。

③ 童孙：幼小的儿童。供：从事。

④ 傍桑阴：在桑树荫下。

白天去田里辛勤耕种，晚上回到家中还要搓麻线，村里的年轻人都各自担负着劳动的重任。

幼小的儿童虽然不会耕种和织布，但也会在桑树下学起了种瓜。

赏析

这是一首描写农村夏日生活场景的田园诗，表达了诗人对农村劳动者的热情赞扬。前两句写繁忙的农事，赞扬了农村人的勤劳坚毅，有着浓厚的生活气息和泥土气息；后两句写农村儿童的天真情趣，他们虽不会耕织，却也不闲着，从小耳濡目染，喜爱劳动，在茂密成荫的桑树下学种瓜，由此给全诗增添了活泼轻松的气氛。全诗语言朴实，取材巧妙，读来意趣横生。

村居即事

翁　卷①

原文

绿遍山原白满川②，子规声里雨如烟③。
乡村四月闲人少，才了蚕桑又插田④。

注释

① 翁卷：南宋诗人，字续古，乐清（今浙江温州）人，生卒年不详。与徐照、徐玑、赵师秀并称"永嘉四灵"。他特别擅长五律，其诗清新自然。著有《苇碧轩集》。

② 山原：山陵和原野。白满川：指稻田里的水色映着天光。川，指山原，平地，河流。

③ 子规：杜鹃鸟。

④ 了：结束。蚕桑：种桑养蚕。

译文

　　山坡田野间一片葱茏的绿色，稻田里的水色与天光相映。杜鹃鸟声声啼叫，天空中烟雨蒙蒙，大地一片欣欣向荣的景象。

　　四月到了，没有人闲着，刚干完蚕桑的活儿又忙着去田里插秧了。

赏析

　　这是描写农村四月景致的诗，赞颂了农民的辛勤劳作。前两句写景，用浓重的笔法描绘了江南水乡的美丽景致；后两句描写农人忙碌的生活，真实再现了乡村四月农事繁忙的场景。整首诗如同一幅色彩鲜明的图画，不仅表现了诗人对乡村风光的热爱与赞美，也表现出他对劳动人民的喜爱，以及对劳动生活的赞美之情。

书湖阴先生壁

王安石

原文

　　茅檐常扫净无苔①，花木成畦手自栽②。

　　一水护田将绿绕③，两山排闼送青来④。

① 茅檐：茅屋檐下，这里指庭院。无苔：没有青苔。

② 成畦（qí）：成垄成行。

③ 护田：这里指护卫、环绕着园田。

④ 排闼（tà）：开门。闼，小门。

译文

茅草房庭院因经常打扫，所以洁净得一丝青苔都没有，成排成行的花草树木，都是主人亲手栽种。

庭院外的一条小河环绕、护卫着农田，两座青山像推开的两扇门一样，送来一片翠绿。

赏析

《书湖阴先生壁》为组诗，一共有两首，本诗是其中的第一首。湖阴先生，名叫杨德逢，是王安石退居江宁时的邻居。据说杨德逢的人品极好，很被王安石欣赏，这首诗就是王安石题在湖阴先生家墙壁上的，描写了湖阴先生家的幽雅环境和初夏景色。

前两句记述了庭院内的景致，干净整洁的布置，排列有序的花木，显示出主人高雅的情趣；后两句运用对偶和拟人的手法，给山水赋予人的感情，既生机勃勃又清静幽雅。全诗语言清新生动，给人展现了一幅美丽如画的山居图。

卷三　七言绝句

109

乌衣巷

刘禹锡

原文

朱雀桥边野草花①，乌衣巷口夕阳斜②。

旧时王谢堂前燕③，飞入寻常百姓家。

注释

① 朱雀桥：六朝时金陵朱雀门外横跨秦淮河的大桥。

② 乌衣巷：金陵城内的一条街，邻近朱雀桥。东吴时曾在此设军营，军士皆穿黑衣。东晋时的贵族王导、谢安等人的住宅都在这里。

③ 王谢：指王导、谢安，东晋最大的两户豪门士族。

译文

朱雀桥边冷落荒凉长满了野草野花，乌衣巷口断壁残垣处在夕照之中。从前王、谢两家房檐下的燕子，如今已飞进了平常百姓家中。

赏析

这是一首怀古诗，诗人通过对夕阳野草、燕子易主的描述，抒发了对世事沧桑、盛衰变化的慨叹。全诗含蓄隽永，耐人寻味。表面看来，诗中并没有议论之词，但诗人别出心裁地通过对野草、夕阳的描写，让燕子作为盛衰兴亡的见证，巧妙地把历史和现实联系起来，引起了人们无限的遐思。

送元二使安西①

王 维

原文

渭城朝雨浥轻尘②，客舍青青柳色新③。

劝君更尽一杯酒，西出阳关无故人④。

注释

① 元二：何人不详。安西：安西都护府治所，在今新疆维吾尔自治区库车附近。

② 渭城：即咸阳，现今陕西省西安市。浥（yì）：湿润。

③ 客舍：驿馆，旅馆。柳色：柳象征离别。

④ 阳关：古关名，在甘肃省敦煌西南，因在玉门关以南，故称阳关，古代出塞必经之地。

译文

清晨的细雨湿润了渭城地面的浮尘，馆驿青堂瓦舍柳树的枝叶是那么色泽青新。

真诚地奉劝您再饮一杯离别的酒吧，向西出了阳关后就再也遇不到老朋友了。

赏析

这首《送元二使安西》，又名《渭城曲》《阳关曲》，是一首著名的送别

诗。前两句为送别创造一个愁郁的环境气氛，后两句再写频频劝酒，依依离情，表现了作者对友人的深挚情谊。这首具有普遍性和代表性的离别诗，适合于绝大多数离筵别席的演唱，后来被编入乐府，谱成《阳关三叠》，成为传唱广泛、流行久远的歌曲。

题北榭碑

李 白

原文

一为迁客去长沙①，西望长安不见家。
黄鹤楼中吹玉笛，江城五月落梅花②。

注释

① 迁客：流迁或被贬到外地的官员。诗人以贾谊自比，指自己被流放至夜郎（今湖南新晃）之意。

② 江城：指江夏（今湖北武昌）。梅花：《梅花落》，古代笛曲名。《梅花落》主要表现思妇惜春念远的情感，曲调十分忧伤。

译文

西汉贾宜因受诋毁被流放到长沙，而我如今也成了迁谪之人。向西回望长安方向却看不到家园。

黄鹤楼上忽然传来了一阵阵笛声，吹的是《梅花落》这支曲子，五月的江城仿佛梅花正在纷纷飘落。

　　唐肃宗乾元元年（758），李白因永王李璘事件受到牵连，被加之以"附逆"的罪名流放到夜郎，此诗为路经江夏（今武汉武昌）时游黄鹤楼所作。该诗题又叫《与史郎中钦听黄鹤楼上吹笛》。

　　首句诗人用汉代名臣贾谊被贬谪到长沙，来比喻自身的遭遇，抒发心中无辜受害的愤懑。次句"西望长安"表现出诗人虽遭流放，却依然对朝廷有着深深的眷恋。"不见家"表明望而不见，去地遥远，不免惆怅。后两句巧借笛声抒发了自己凄凉的情感，在表达上非常含蓄委婉。全诗情景交融，构思精巧，耐人寻味。正如清乾隆十五年《御选唐宋诗醇》称："凄切之情，见于言外，有含蓄不尽之致。"

秋 夕①

杜 牧

原文

　　银烛秋光冷画屏②，轻罗小扇扑流萤③。
　　天阶夜色凉如水④，卧看牵牛织女星⑤。

注释

　　① 诗题一作《七夕》，又作《秋夜宫词》。

　　② 画屏：绘有图案的屏风。

　　③ 轻罗小扇：轻巧的丝质团扇。流萤：飞动的萤火虫。

　　④ 天阶：宫中的石阶。天，一作"瑶"。

　　⑤ 卧：一作"坐"。

译文

　　秋夜里，银烛的光映照着冷清的画屏，宫女拿着小罗扇扑打着萤火虫。

　　夜色深沉，宫内的台阶清凉如冷水，宫女静坐在外，凝视着天河两旁的牵牛星和织女星。

赏析

　　这是一首宫怨诗，据说是杜牧在京任职期间所作。诗中描写一名孤独的宫女，在七夕之夜仰望星河，用扇子扑流萤，排遣心中寂寞的画面。诗中虽没有一句抒情，但宫女那种哀怨与期望相交织的复杂感情见于言外，从一定程度上反映了封建时代妇女的悲惨命运。

　　全诗反映了宫廷妇女不幸的命运，同时也含蓄地抒发了作者心有抱负，却难以施展、难以作为的苦闷心情。

江楼有感①

赵　嘏

原文

　　独上江楼思悄然②，月光如水水如天。

　　同来玩月人何在，风景依稀似去年③。

注释

　　① 江楼：江边的楼阁。

　　② 思悄然：思绪怅惘。悄，一作"渺"。

　　③ 依稀：仿佛，好像。

独自登上江边的楼阁，不禁触景生情，陷入茫茫的愁思之中。月光倒映在水波粼粼的江面上，水天相接。

以前一同来此共赏月的朋友，如今又在哪里呢？看着这水光相接的景致，却仿佛和去年一样。

赏析

这是一首典型的登楼感怀诗。首句透露出诗人寂寞的心境，以及凝神沉思的情态；第二句巧妙地运用叠字回环的技巧，展现江楼夜景的清丽绝俗；后两句叙写面对依稀可辨的风物，心中油然而生的缕缕怀念和怅惘之情。

全诗以景寄情，运笔自如，赋予全篇一种空灵神远的艺术美，使读者产生无穷的联想。

晓出净慈寺送林子方①

杨万里

原文

毕竟西湖六月中②，风光不与四时同③。
接天莲叶无穷碧④，映日荷花别样红⑤。

注释

① 晓出：太阳刚刚升起。净慈寺：原名净慈报恩光孝禅寺，与灵隐寺为杭州西湖南北山两大著名佛寺。林子方：莆田人，官居直阁秘书。

② 毕竟：到底。

卷三 七言绝句

115

③ 四时：四季，此处指夏季以外的三季。

④ 接天：像与天空相接。无穷碧：比喻莲叶面积很广，呈现无边无际的碧绿。

⑤ 别样红：红得特别出色。

译文

到底是西湖六月天的景色，风光与其他季节明显不同。

碧绿的密密层层的荷叶一望无际，仿佛与天相接，在骄阳映照下，显得分外艳丽。

赏析

这首诗大约作于宋孝宗淳熙十四年（1187），诗题中所说的林子方举进士后，曾担任直阁秘书，诗人杨万里是他的上级兼好友。在林子方将要赴福州任职时，杨万里清晨从杭州西湖附近的净慈寺为他送别，经过西湖边时写下了一组诗，共两首，该诗为组诗中的第二首。诗中通过对西湖盛夏时荷叶与荷花的描写，呈现出一幅视角很强的画面——碧绿的荷叶无边无际，艳丽的荷花分外妖娆。

全诗在谋篇转化上，虽然跌宕起伏，却没有突兀之感。看似平淡的笔墨，却展现了令人回味的艺术境地。

饮湖上初晴后雨

苏 轼

原文

水光潋滟晴方好①，山色空蒙雨亦奇②。

欲把西湖比西子③，淡妆浓抹总相宜④。

注释

① 潋滟（liàn yàn）：水面波光闪动的样子。方好：显得正美。

② 空蒙：细雨迷蒙的样子。蒙，一作"濛"。

③ 西子：西施，春秋时越国美女。

④ 总相宜：总是很合适，十分自然。

译文

天气晴朗时，西湖水在太阳照耀下波光粼粼，十分美丽；细雨飘飘时，群山笼罩在烟雨之中，若隐若现，也显得非常奇妙。

如果把西湖比作美丽的西施，那么淡妆也好，浓妆也罢，总能很好地烘托出她那迷人的神韵。

赏析

苏轼在杭州任通判时，写下了很多歌颂西湖的诗篇，这是其中非常有名的一首，写于熙宁四年（1071）。诗的开头两句，运用高妙的笔法，既写了湖光，又写了山色；既有晴和之景，又有雨天之韵。后面两句对西湖美景作出全面的评价，以绝色美人喻西湖，不仅赋予西湖之美以生命，而且使西湖的秀美具体化、形象化。

全诗构思新奇，情味隽永，并充满理趣，通过对西湖水光山色、晴姿雨态的描述，生动地说明了本质是美的，即使形式发生了变化，也不会对美造成妨碍的道理。

观书有感

朱 熹

原文

半亩方塘一鉴开①，天光云影共徘徊②。

问渠那得清如许③，为有源头活水来④。

注释

① 方塘：又称半亩塘，在福建尤溪城南郑义斋馆舍（后为南溪书院）内。鉴：镜子。

② 徘徊（pái huái）：来回移动。

③ 问渠：问它。渠，第三人称代词，指方塘。那得：怎么会。

④ 为：因为。源头活水：比喻人只有不停地学习，才能不断进步和永葆活力。

译文

半亩大的方形池塘如明镜一般，天空的光彩和流云倒影在水面上闪耀浮动。

要问池塘里的水为何这样清澈？是因为有永不枯竭的源头源源不断地为它输送活水。

赏析

这是一首抒发读书体会的哲理诗，诗人借方塘的一池清水作启示，说明人要不断地学习，不断接受新知识、新事物，才能保持思想的活跃与进步。

诗中用"天光云影"来突出方塘之水的清澈明亮；用"源头活水"比

喻事物发展的源泉和动力。全诗语言精练，境界开阔，写法新巧而别致，其中"问渠那得清如许，为有源头活水来"之句，已成为几百年来激励求学之士的不朽名句。

冬　景①

苏　轼

原文

荷尽已无擎雨盖②，菊残犹有傲霜枝③。
一年好景君须记④，最是橙黄橘绿时⑤。

注释

① 诗题一作《赠刘景文》。刘景文（1033—1092），即刘季孙，字景文，祥符（今河南开封）人。苏轼任杭州知府时，刘景文任两浙兵马都监，二人交往颇深。

② 荷尽：荷花枯萎，残败凋谢。擎（qíng）雨盖：此指荷叶。

③ 傲霜：不怕霜冻寒冷，坚强不屈。

④ 君：您。

⑤ 最是：一作"正是"。

译文

荷花已凋谢，就连舒展的荷叶也枯萎了，只有那开败了的菊花的枝条还在寒风中挺立。

一年中最好的景致您必须记住，那就是在这橙子金黄、橘子青绿的冬

末冬初的时节啊。

赏析

　　这首诗是苏轼于元祐五年（1090）在杭州任知府时所作，诗题又叫《赠刘景文》，即赠给好友刘景文的。诗的前两句写景，抓住"荷尽""菊残"描绘出秋末冬初的萧瑟景象。"已无"与"犹有"形成强烈对比，突出菊花傲霜斗寒的形象。后两句议景，表露赠诗的目的，说明冬景虽然萧瑟冷落，但也有硕果累累、成熟丰收的一面，给人以昂扬之感。

　　诗人将对刘氏为人与品格的称颂，不着痕迹地糅合在对初冬景物的描写中，通过对橙橘和残菊的吟咏，折射出刘景文坚贞的节操和秉性。

枫桥夜泊①

张　继

原文

　　月落乌啼霜满天②，江枫渔火对愁眠③。
　　姑苏城外寒山寺④，夜半钟声到客船⑤。

注释

　　① 枫桥：今苏州西有枫桥镇，即此。其地有桥名枫桥，故名。

　　② 乌啼：乌鸦哀鸣。霜满天：霜花布满天空。

　　③ 江枫：江边枫树。对愁眠：谓自己之客愁郁闷，面对渔火而难于入睡。

　　④ 姑苏：苏州别名，因城西南有姑苏山而得名。寒山寺：在枫桥附近，始建于南朝梁代。相传因唐代僧人寒山、拾得住此而得名。

⑤ 夜半：半夜。

月亮已落山，乌鸦仍然在啼叫着，寒霜洒满夜空；望着江畔的枫树与船上的渔火，我满怀愁绪，难以入眠。

苏州城外那寂寞清静的寒山古寺，半夜里敲响的钟声传到了我乘坐的客船里。

赏析

这是唐朝"安史之乱"后，诗人张继途经寒山寺时写下的一首诗。在诗中，作者以白描的笔法，细腻地刻画出了一个客船夜泊者对江南深秋夜景的观察和感受，抒发了一腔羁旅的愁怀。前两句以"落月""啼乌""满天霜""江枫""渔火"等密集的意象，刻画出一幅清冷的夜江图，传达给读者一种莫名的萧索感；后两句以寒山寺的悠悠钟声，烘托出夜的静谧和心绪的怅然，无形中将诗人的孤寂推到了极致，也将整首诗所营造的感情氛围推到了高潮。

全诗精练含蓄，委婉传神，运用高度的艺术手法来渲染氛围，使《枫桥夜泊》成为名作，实属难能可贵。

泊秦淮

杜 牧

原文

烟笼寒水月笼沙，夜泊秦淮近酒家①。

商女不知亡国恨②，隔江犹唱后庭花③。

注释

① 秦淮：河名，源出江苏省溧水县，贯穿南京市。

② 商女：指以卖唱为生的歌女。

③ 后庭花：歌曲名，南朝陈后主所作《玉树后庭花》，后世称此曲为"亡国之音"。

译文

浩渺寒江之上弥漫着烟雾，皓月的清辉洒在白色的沙渚之上。入夜，我将小舟停泊在秦淮河畔，正靠近酒家所在的地方。

金陵歌女不知什么是亡国之恨，竟依然在对岸吟唱着淫靡之曲《玉树后庭花》。

赏析

六朝古都金陵的秦淮河两岸历来是达官显贵们享乐游宴的场所，"秦淮"也因此逐渐成为奢靡生活的代名词。诗人夜泊于此，眼见灯红酒绿，耳闻淫歌艳曲，触景生情，又想及唐朝国势日衰，当权者昏庸荒淫，感慨万千，写下了此诗。

诗中通过写夜泊秦淮的所见所闻，寄寓诗人深沉的感慨。同时揭露了晚唐统治集团中的上层人物沉溺声色、醉生梦死的腐朽生活，表达了诗人振聋发聩的警示。本诗构思奇巧，情景交融，用典恰当，寓意含蓄。

卷四

七言律诗

答丁元珍①

欧阳修②

原文

春风疑不到天涯③，二月山城未见花④。

残雪压枝犹有橘⑤，冻雷惊笋欲抽芽⑥。

夜闻啼雁生乡思，病入新年感物华⑦。

曾是洛阳花下客⑧，野芳虽晚不须嗟⑨。

注释

① 丁元珍：即丁宝臣，字元珍，欧阳修的朋友。欧阳修因为替范仲淹辩护而被贬，丁宝臣写了一首题为《花石久雨》的诗赠他，欧阳修遂写了这首诗作答。

② 欧阳修（1007—1072），字永叔，号醉翁，又号六一居士，北宋吉州（今属江西）人。北宋著名文学家，领导了北宋诗文革新运动，为"唐宋八大家"之一。

③ 天涯：形容极边远的地方。

④ 山城：靠山的城垣。

⑤ 残雪：尚未融化的冬雪。

⑥ 冻雷：指初春的雷声。

⑦ 物华：眼前美好的景物。

⑧ 洛阳花下客：洛阳以牡丹出名。欧阳修曾在洛阳园林做过留守判官，所以称花下客。

⑨ 野芳：野花。不须嗟：不必叹息。

译文

我怀疑春风吹不到这边远的地方，现在已是二月了，这个山城仍然不见花开。

尚未融化的冬雪压着树的枝条，树丫上仍留着秋冬时结的橘子，早春的雷声惊醒了地下的竹笋，不久就要抽出嫩芽来。

晚上听到大雁的啼叫声，勾起不尽的乡思，在病中度过这个新年，不免感叹时光流逝，景物变迁。

我曾经在洛阳为官，在那牡丹花丛中饱享过美丽的春光，这里山城的野花虽然开得晚些，也不必再叹息了。

赏析

宋仁宗年间，作者的好友丁元珍被降职到今湖北三峡一带为官，曾写一首诗寄给作者。当时作者被贬到峡州夷陵为县令。作者见到诗后，写下了此诗作答。在欧阳修诗集中，此诗题为《戏答元珍》。该诗融写景、抒情、议论于一炉，借山城的春天不见花开之景而发感慨，表达了诗人对无辜被贬的不满情绪以及对故乡的思念。从诗的结尾可以看出，诗人在苦闷的同时，又不失豁达的心态，通过"花下客""不须嗟"的洒脱之语，表达了自我宽慰之情。全诗写得委婉含蓄，曲折有致，耐人寻味。

寓　意①

晏　殊②

原文

油壁香车不再逢③，峡云无迹任西东④。

梨花院落溶溶月⑤，柳絮池塘淡淡风⑥。

几日寂寥伤酒后⑦，一番萧索禁烟中⑧。

鱼书欲寄何由达⑨，水远山长处处同⑩。

注释

① 寓意：有所寄托，即以诗寄托自己的心意。

② 晏殊（yàn shū）（991—1055），字同叔，谥号元献，北宋抚州临川（今江西）人，宋真宗景德二年（1005）以神童召试，赐进士出身，仁宗朝官至宰辅。晏殊能诗善词，他的诗风格温柔婉丽。

③ 油壁香车：古代妇女所坐的车子，因车厢涂刷了油漆而得名。这里代指女子。

④ 峡云：巫山峡谷上的云彩。宋玉《高唐赋》写楚襄王与巫山神女梦中相会，峡云暗指男女幽会之事。

⑤ 溶溶：月光如水般地清澈明净。

⑥ 淡淡：轻微的意思。

⑦ 伤酒：饮酒过量导致身体不舒服。

⑧ 萧索（xiāo suǒ）：缺乏生机。禁烟：清明前一天为寒食节，旧俗在那天禁火、吃冷食。

⑨ 鱼书：古代诗歌中常出现鱼肚中藏书信的描写，所以把书信称作鱼书。何由达：即无法寄达。

⑩ 水远山长：形容天各一方，因山水相隔通讯困难。

译文

你坐在华丽的油壁香车里，我再也不能与你相逢了，我们像那巫山的彩云倏忽飘散，我在西，你在东。

梨花盛开的小院沐浴在如水的月光中，柳絮轻扬的池塘吹来阵阵微风。

多日来借酒消愁，倍感伤怀寂寞，在寒食的禁烟中，更令我思念你的芳踪。

我想寄一封信给你，可不知怎样才能送到，可叹那高山河流层层相阻，难以如愿。

赏析

这首诗的诗题又叫《无题》，是一首恋情诗，抒写了诗人在与恋人分别后，对其铭心刻骨的思念之情。首联追叙离别时的情景和难相逢的感叹；颔联寄情于景，回忆当年与恋人花前月下的美好时光；颈联写自己寂寥萧索的相思之苦；尾联写山高水远，寄书不达，无可奈何的怅惘之情。

该诗在风格上类似李商隐的无题诗，运用含蓄的手法，表现自己伤别的哀思。不同的是全诗风格清新流畅，呈现出一派淡雅与疏宕，没有一般爱情诗那种绮丽浓艳的色彩。

郊行即事①

程　颢

原文

芳原绿野恣行时②，春入遥山碧四围③。

兴逐乱红穿柳巷④，困临流水坐苔矶⑤。

莫辞盏酒十分劝，只恐风花一片飞⑥。

况是清明好天气，不妨游衍莫忘归⑦。

注释

① 郊行：在郊外散步。

② 恣（zì）行：尽情游赏。

③ 遥山：远山。碧四围：四周都是碧绿的颜色。

④ 兴：乘兴，随兴。乱红：杂花，这里指落花。

⑤ 困：疲倦。苔矶（tái jī）：长着青苔的石头。

⑥ 风花：风中的花朵。

⑦ 游衍（yóu yǎn）：放任地游玩。

译文

我在长满芳草花卉的原野上尽情地游玩，远处的山峰充满春色，四周一片碧绿。

乘着浓浓的兴致，追逐随风飘飞的红色花瓣，穿过柳丝飘摇的小巷，

觉得疲倦时，对着潺潺的流水，坐在长满青苔的石头上欣赏美景。

不要推辞这杯盛情的美酒，辜负诚挚劝酒的心意，只怕是风中的花朵轻飘散尽时，就没有这样的兴致了。

况且今日是清明佳节，又遇着一个晴朗的好天气，不妨纵情地游玩，但也不可乐而忘返。

赏析

这是一首春日出游的诗作，诗人描绘了一幅春日郊外风景图，抒发了清明节郊游时愉快的心情，以及劝说世人珍惜友情、珍惜时光的主旨。诗的首联写暮春时分的郊外春色；颔联、颈联写诗人兴致浓郁时追逐落花，穿行柳巷，饮酒惜花，留恋春光；最后直抒心意，表现了诗人对大自然的流连和惜春之情。

诗中那尽性游玩、追逐落花、穿行柳巷的情景，既灵动清新，也极富少年儿童天真活泼的情趣。

曲江（其一）①

杜 甫

原文

一片花飞减却春②，风飘万点正愁人③。

且看欲尽花经眼④，莫厌伤多酒入唇⑤。

江上小堂巢翡翠⑥，苑边高冢卧麒麟⑦。

细推物理须行乐⑧，何用浮名绊此身⑨。

① 曲江：即曲江池，唐代京城长安的旅游胜地，在今陕西西安市东南郊，已干涸。

② 减却春：减少了春色。

③ 万点：形容落花之多。愁人：令人伤感。

④ 经眼：从眼前经过。

⑤ 伤：伤感，忧伤。

⑥ 巢（cháo）：筑巢。翡翠：这里指翡翠鸟。

⑦ 苑：曲江旁边的院子。冢（zhǒng）：坟墓。麒麟（qí lín）：在陵墓前的麒麟石像。

⑧ 物理：事物的道理、真理。

⑨ 浮名：虚幻的名利。绊：束缚。

译文

因一片花瓣落下，就会感到春色已减，眼看无数朵花将被风儿吹落，怎不令人发愁？

快去看看这些即将从眼前而过的花朵，也不要害怕喝了酒让人更加伤怀。

翡翠鸟在曲江旁的楼堂上筑巢，原来雄踞的麒麟石像现今倒卧在园子旁边的皇陵前。

仔细琢磨事物变化的道理后，就懂得人生应该及时行乐，没必要让虚幻的名利来牵绊一生。

赏析

《曲江二首》是作者于乾元元年（758）暮春写下的诗作，此诗为第一首。杜甫时任"左拾遗"，此时"安史之乱"还在继续，杜甫眼见唐朝因政治腐败而酿成的祸乱，心境十分杂乱和抑郁。他在诗中把曲江与大唐融为一体，以曲江的盛衰比作大唐的盛衰，将全部的哀思寄予曲江这一实物，

从一个侧面形象地反映出了世事的变迁。

　　全诗由写惜花伤春，到写人事的兴衰，体现了诗人对国事的关心；不管是借酒消愁也好，及时行乐也罢，都反映出诗人愿意为国效力而报效无门的苦闷，并非真的是消极避世。

曲江（其二）

杜　甫

原文

朝回日日典春衣①，每日江头尽醉归。

酒债寻常行处有②，人生七十古来稀③。

穿花蛱蝶深深见④，点水蜻蜓款款飞⑤。

传语风光共流转⑥，暂时相赏莫相违⑦。

注释

① 朝回：上朝回来。典：典当，变卖。

② 酒债：欠人的酒钱。行处：到处。

③ 稀：稀少，罕见。

④ 蛱蝶（jiá dié）：蝴蝶。深深：花丛深处。见（xiàn）：通"现"。

⑤ 款款：舒缓的样子。

⑥ 传语：传话给。风光：春光。共流转：在一起逗留、盘桓。

⑦ 相赏：一起欣赏风光美景。违：辜负，错过。

译文

上朝回来，我常常去变卖春天穿的衣服，换得的钱每天到曲江头买酒喝，直到酒醉后才回家。

到处都欠着酒债，那是寻常小事，自古以来，能活到七十岁的人也是很少的了。

蝴蝶在花丛深处穿梭往来，时隐时现；蜻蜓在水上缓缓而飞，时而点着水面。

寄语明媚的春光，你就同蝴蝶、蜻蜓一起流转，让我好好欣赏吧，哪怕是暂时的也好，千万不要连这点心愿也要违背了。

赏析

此诗为《曲江二首》之二，两首诗之间具有内在而紧密的联系。该诗紧承上一首感时伤春的主题而作。诗中抒发了惜春、留春之情，而这惜春、留春之情也饱含了深广的社会内容，含蓄地表达了诗人对"世事多变"和"美景短暂"的感慨。这首诗遣词造句非常精工，其中"人生七十古来稀""穿花蛱蝶深深见，点水蜻蜓款款飞"之句，受到历代诗人们的高度赞赏，千百年来，已广为流传。

黄鹤楼

崔　颢

原文

昔人已乘黄鹤去[①]，此地空余黄鹤楼[②]。

黄鹤一去不复返，白云千载空悠悠③。

晴川历历汉阳树④，芳草萋萋鹦鹉洲⑤。

日暮乡关何处是⑥，烟波江上使人愁⑦。

注释

① 昔人：传说中的仙人，这里指乘黄鹤升仙的王子安。

② 黄鹤楼：古代名楼，旧址在湖北武昌黄鹤矶上，现位于湖北省武汉市。

③ 悠悠：形容年代久远。

④ 晴川：阳光照耀下的晴明江面。历历：清晰分明。汉阳：指汉水北岸的汉阳城，今湖北省武汉市汉阳区。

⑤ 萋萋（qī qī）：形容草木茂盛。鹦鹉洲：在湖北省武昌县西南，根据《后汉书》记载，汉代黄祖担任江夏太守时，在此大宴宾客，有人献上鹦鹉，故称鹦鹉洲。

⑥ 乡关：故乡家园。

⑦ 烟波：雾霭沉沉的江面。

译文

过去的仙人已经乘坐黄鹤飞走了，这里只留下一座空荡荡的黄鹤楼。

黄鹤一去再也没有回来，千百年来只看见飘着白云的天空广阔无边。

江面上很晴朗，在阳光照耀下，汉阳树木清晰可见，鹦鹉洲上的花草树木长得很茂盛。

天色已晚，眺望远方，哪里是我的故乡？眼前只见一片雾霭笼罩着江面，给人带来深深的愁绪。

赏析

这是一首吊古怀乡之作，诗人登临黄鹤楼，眺望眼前景物，描绘出黄鹤楼的凄清景色，抒发了怀古伤今、思乡念家的深沉感情。

这首诗感情充沛，气象苍茫阔大，音律谐美，文采飞扬，在当时就很有名。传说李白登黄鹤楼，有人请李白题诗，他说："眼前有景道不得，崔颢题诗在上头。"南宋文学家严羽在他的《沧浪诗话》中更是认为："唐人七言律诗，当以崔颢《黄鹤楼》为第一。"正由于此诗在艺术上出神入化，而被人们推崇为题写黄鹤楼的绝唱。足见此诗地位之高，影响之大。

旅　怀①

崔　涂②

原文

水流花谢两无情，送尽东风过楚城③。

蝴蝶梦中家万里④，杜鹃枝上月三更⑤。

故园书动经年绝⑥，华发春催两鬓生⑦。

自是不归归便得⑧，五湖烟景有谁争⑨。

注释

① 此诗又作《春夕旅梦》《春夕旅怀》。旅怀，即旅行中的心情。

② 崔涂（854—？），字礼山，唐末诗人，善音律，尤善长笛，据说为江南人。唐僖宗光启四年（888）进士，曾久在巴蜀、吴楚等地为客，自称是"孤独异乡人"。诗歌常有飘零、孤独的情调。

③ 楚城：战国时楚国地区，即今湖南、湖北一带。

④ 蝴蝶梦：意为往事如梦。语出《庄子·齐物论》"昔者庄周梦为蝴蝶，栩栩然蝴蝶也"。

⑤ 杜鹃：一作子规，即杜鹃鸟，表示思家。

⑥ 书：书信。动：动辄、每每之意。

⑦ 华发：白发。催：催促，指时光不待。

⑧ 自是：本来。归便得：要回去就能回去。

⑨ 五湖：即滆（gé）湖、洮（táo）湖、村湖、贵湖、太湖，皆位于现今江苏一带。传说范蠡帮助越王勾践打败吴国后，便泛舟五湖，归隐而去。

译文

流水和落花都很无情，送着最后一缕春风，我来到战国时的楚地。

在睡梦中，我梦见了万里之外的家乡，醒来时正是夜里三更时分，杜鹃在树枝上凄厉地啼叫。

家乡寄来的书信，长年收不到，时光一年又一年的过去，我的头发已变得花白。

因抱负没有施展而不愿回家，如果我想回去，立刻就可以启程，家乡那五湖上的烟波风景，是不会有人和我争抢的。

赏析

这是一首羁旅诗，是作者旅居湘鄂时所作。诗人以暮春时节衰败的春景渲染思乡愁绪，把对家乡的思念写得深婉感人。前四句通过对暮春傍晚特定情景的描绘，构成一片凄凉愁惨的气氛。后四句直抒心曲，感情真切，凄婉动人。尾联自慰自嘲，墨中藏意，是无可奈何的伤心语，深刻地反映出诗人在政治上走投无路、难以施展而又欲罢难休的苦闷和彷徨心理。全诗语言清丽，意象朦胧，意境深婉，风格沉郁。

卷四 七言律诗

135

寄李儋元锡①

韦应物

原文

去年花里逢君别②，今日花开又一年。

世事茫茫难自料③，春愁黯黯独成眠④。

身多疾病思田里⑤，邑有流亡愧俸钱⑥。

闻道欲来相问讯⑦，西楼望月几回圆⑧。

注释

①《全唐诗》中，此诗题作《答李儋元锡》。李儋（dàn）：字元锡，唐朝的宗室，曾任殿中侍御史，韦应物的好友。

② 逢君别：与你相逢，又再分别。

③ 料：猜测。

④ 黯黯（àn àn）：低沉黯淡之意。

⑤ 田里：乡间或野外，这里有归隐的意思。

⑥ 流亡：流离失所的人。愧俸钱：意为未尽地方长官的责任。

⑦ 闻道：听说。

⑧ 西楼：指苏州的观风楼。

译文

在去年百花盛开的时节我们相逢又分别，如今春花再度盛开，不觉又

是一年。

世间世事茫茫，命运难以预料，春愁使我心神黯淡，让我夜晚难以入睡。

身体多病令我总想归隐田园，但辖区内还有流亡的百姓，真感到愧对朝廷的俸禄。

早听说你要来此地探望我，因而我常在西楼上眺望，只看到月儿圆了又圆，却不见你。

🎀 赏析 🎀

这首诗大约作于唐德宗贞元初年（785），是作者在滁州任刺史时所写。诗题中的李儋，字元锡，当时在京师任殿中侍御史，与作者是好友。公元783年，韦应物从尚书比部员外郎的位置调到滁州任刺史，与好友李儋分别，李儋曾托人问候韦应物。不久，作者写此诗寄答以赠。

诗中表达了与友人分别后的思念，并通过对花开花落的描写，引出对茫茫世事的喟叹，以及自己对当时社会动乱的一种感慨，由此抒发国乱民穷所造成的内心矛盾。全诗感情真挚，处处能让人感受到诗人的一片真诚，也正是这一份真诚，使这首诗显得更为独特，也更加感人。

辋川积雨①

王 维

原文

积雨空林烟火迟②，蒸藜炊黍饷东菑③。

漠漠水田飞白鹭④，阴阴夏木啭黄鹂⑤。

山中习静观朝槿⑥，松下清斋折露葵⑦。

野老与人争席罢⑧，海鸥何事更相疑⑨。

注释

① 辋（wǎng）川：王维在辋川的宅第，在今陕西蓝田终南山中，是王维的隐居之地。积雨：久雨。

② 空林：疏林。烟火迟：因雨多林野润湿，故烟火缓升。

③ 藜（lí）：一种野菜，嫩叶可食。黍（shǔ）：谷物名，古时为主食。饷东菑（zī）：给在东边田里干活的人送饭。饷（xiǎng），送饭。菑（zī），泛指农田。

④ 漠漠：广漠、迷茫的样子。

⑤ 阴阴：幽暗的样子。啭（zhuàn）：鸟儿婉转的叫声。

⑥ 习静：谓习养静寂的心性。槿（jǐn）：植物名，落叶灌木，其花朝开夕谢。古人常以此物悟人生枯荣无常之理。

⑦ 清斋：谓素食。露葵：带露的葵菜。

⑧ 野老：诗人自称。争席：争座位，指自己要隐退山林，与世无争。

⑨ 海鸥：出自《列子》，说古代有人住在海边，每日与海鸥同玩，亲近而互不猜疑。后来他父亲要他把海鸥捉回家，次日，他到海边，海鸥感到他心机有诈，便飞得远远的。这里借海鸥喻人事。

译文

连日下雨后，林子太潮湿，柴火燃得很慢，煮好的粗茶淡饭马上送给村东耕地的人。

广阔的水田之上，飞起几只白鹭鸟；繁茂苍翠的树林中，传来黄鹂鸟的婉转叫声。

我在山中修身养性，观赏那早开晚谢的槿花，在松树下斋戒吃素，采摘路葵佐餐。

我这个村野老人已与世无争，可鸥鸟为什么还要猜疑我呢？

∽∽赏析∽∽

在《全唐诗》中，这首诗的诗题为《积雨辋川庄作》，是诗人晚年隐居辋川山庄时所写。诗中描绘连日下雨之后山庄清新幽美的景色，表达了诗人隐退后的闲适生活和淡泊的情怀。诗的首联写诗人在山庄所见的田家生活，呈现出一种恬淡的农村生活气象。颔联写自然景色，把积雨后的辋川山野写得画意盎然。颈联写诗人在空山之中的幽居生活。尾联连用两个典故，正反结合，表现了诗人远离尘嚣、淡泊自然的心境，流露出对淳朴田园生活的深深眷爱。

全诗恰如一幅意境闲淡简远的山水画，融诗情、画意、禅趣为一体，富于生活气息。

偶　成①

程　颢

原文

闲来无事不从容②，睡觉东窗日已红③。

万物静观皆自得④，四时佳兴与人同⑤。

道通天地有形外⑥，思入风云变态中⑦。

富贵不淫贫贱乐⑧，男儿到此是豪雄⑨。

注释

① 在程颢的诗集中，此诗又名《秋日偶成》。

② 从容：不慌不忙。

③ 睡觉：睡醒，一觉醒来。

④ 静观：仔细观察。自得：明白，懂得。

⑤ 佳兴：美好的感受。

⑥ 道：世界运转的原理。有形外：即超越物质的存在。形，物质。

⑦ 思：人的思想、思考。变态：形态变化。

⑧ 淫（yín）：放纵。

⑨ 豪雄：英雄豪杰。

译文

闲暇的时候，做什么事都能从容，一觉醒来，东边的窗户上已被阳光照得霞红。

冷静地观察万事万物，就能明白事物的本质，对一年四季的美好感受，人们没有什么不同。

道理贯通于天地间一切有形无形的事物，人的思想渗透在风云变幻之中。

当身处富贵时而不淫逸，身处贫贱时而不改其乐，这样的男人就是英雄豪杰了。

赏析

这是一首表达诗人哲学思想的哲理诗。诗的首联写诗人赋闲居家、事事从容、心境悠闲的状态。中间两联皆是理语，告诉人们以平静的心情去欣赏万物时，会发现无一不具特色，各有其存在的道理。尾联抒情结篇，表达了诗人随遇而安、怡然自乐的人生观。其中的"万物静观皆自得，四时佳兴与人同"，更是道出了一种"淡泊以明志，宁静而致远"的人生境界。

作为一名道德修养很高的理学家，作者所思考的并不是个人的得失与荣辱。他的安闲来自内心的强大以及对天道至理的准确把握。换言之，即安闲是果，得道是因，该诗便是体现这一心态的作品。

秋兴八首（其一）

杜 甫

原文

玉露凋伤枫树林①，巫山巫峡气萧森②。

江间波浪兼天涌③，塞上风云接地阴④。

丛菊两开他日泪⑤，孤舟一系故园心⑥。

寒衣处处催刀尺⑦，白帝城高急暮砧⑧。

注释

① 玉露：秋天的霜露。凋伤：使草木凋落衰败。

② 萧森（xiāo sēn）：萧瑟阴森。

③ 兼天涌：形容波浪滔天的水势。兼天，即连天之意。

④ 塞上：边关险要的地方，这里指夔州地处边远，山势险要。地阴：地面上的阴沉之气。

⑤ 两开：两次盛开，即过了两个年头。他日：往日，指多年来的艰难岁月。

⑥ 故园：此处当指长安。

⑦ 寒衣：指冬天御寒的衣服。刀尺：指裁剪缝制新衣。

⑧ 急暮砧（zhēn）：黄昏时急促的捣衣声。砧，捣衣石。

译文

枫树在深秋露水的侵蚀下凋零、残伤，巫山和巫峡也都笼罩在萧瑟阴

森的迷雾中。

巫峡里面波浪连天涌起，巫山上空的乌云像要压到地面似的，天地一片阴沉。

花开花落已经两载，看着盛开的菊花，想到两年未曾回家，不禁伤心落泪，飘零在外的我身如一叶孤舟，心里却始终牵念着家园。

寒冷的天气将要到来，到处都在赶制冬天御寒的衣服，傍晚时分，白帝城中捣制寒衣的砧声一阵紧似一阵。

❧ 赏析 ❧

大历二年（767），杜甫为逃避战乱而寄居夔州，因秋而起兴作《秋兴八首》，该诗为其中的第一首。通过对巫山、巫峡的秋色、秋声的形象描绘，烘托出阴沉萧森、动荡不安的社会环境气氛，抒发了诗人因战乱而长年流落他方、难以归乡的悲凉和对国家前途的担忧。

全诗格律精工，悲壮凄凉，意境深宏，读来令人荡气回肠，鲜明地体现了杜诗沉郁顿挫的风格。

秋兴八首（其三）

杜 甫

原文

千家山郭静朝晖^①，日日江楼坐翠微^②。
信宿渔人还泛泛^③，清秋燕子故飞飞^④。
匡衡抗疏功名薄^⑤，刘向传经心事违^⑥。

同学少年多不贱⑦，五陵裘马自轻肥⑧。

注释

① 山郭：山城，指夔（kuí）州。晖：日光。

② 江楼：临江之楼，夔州临江。翠微：青翠的山色。

③ 信宿：留宿两夜，这里有一天又一天之意。泛泛：形容船在水中任意漂浮。

④ 故：依然，仍然。

⑤ 匡衡：字雅圭，汉朝人，官至光禄大夫，太子少傅。抗疏：上书。杜甫任左拾遗时，曾上疏言事，故以匡衡自比。功名薄：诗人因上疏言事，遭受贬斥。

⑥ 刘向：字子政，汉朝经学家。传经：讲授经学，这里指刘向在汉宣帝、成帝时期奉命讲授儒家经书。心事违：事与愿违。诗人慨叹不能像刘向一样传经讲道。

⑦ 多不贱：大多地位显贵。

⑧ 五陵：指汉代五座皇家陵墓，分别为长陵、安陵、阳陵、茂陵、平陵，很多皇亲贵戚都住在五陵附近。轻肥：即轻裘肥马，比喻富贵，有神意自得的意思。

译文

白帝城里千家万户都静静地沐浴在秋日的朝晖中，我天天坐在江边的楼上，坐着看对面青翠的山峰。

连续两夜在船上过夜的渔人，仍泛着小舟在江中漂流，虽已是清秋季节，燕子仍然飞来飞去。

汉朝的匡衡多次向皇帝直谏，他把功名看得很淡薄；刘向传授经学，而我却不能遂心所愿。

年少时一起求学的同学，大都已经飞黄腾达，他们在长安附近的五陵，

穿轻裘，骑肥马，过着富贵的生活，而我却注定要为一个信念而甘受磨难。

赏析

　　这是《秋兴八首》组诗中的第三首，是一篇即景寄怀之作。诗歌写清晨中的夔州虽然秋色清明、江色宁静，但并没有给诗人带来内心的平静，阴沉的气氛触发了诗人情怀，表露出因战乱而常年流落他乡、不能东归中原的悲哀和对战乱不息、国家前途未卜的担忧。

　　诗的结尾，借"同学少年"之得意反衬自己不得意的处境，对于他们不念家国之残破，只顾自己享乐，表现极其的愤慨和痛心，昭示了诗人深挚的忧国忧民之情。全诗意蕴深厚，情景交融，堪称律诗中难得的佳作。

闻　笛

赵　嘏

原文

　　谁家吹笛画楼中①，断续声随断续风。

　　响遏行云横碧落②，清和冷月到帘栊③。

　　兴来三弄有桓子④，赋就一篇怀马融⑤。

　　曲罢不知人在否，余音嘹亮尚飘空⑥。

注释

　　① 画楼：雕梁画栋的楼阁。

　　② 遏（è）：阻止，止住。碧落：碧空，天空。

　　③ 清：清越，形容笛声清悠高扬。帘栊（lián lóng）：挂着帘子的窗户。

④ 三弄：乐曲，指《梅花三弄》。桓（huán）子：即晋朝的桓伊，善于吹笛。

⑤ 马融：东汉人，善鼓琴，好吹笛，著有《长笛赋》一篇。

⑥ 尚：还。

译文

不知是谁在雕梁画栋的楼阁上吹笛子，那悦耳的笛声，随着断断续续的轻风传来。

笛声响亮时，好像能阻挡天空来去的浮云；笛声清越时，又像带着冷冷的月色飘到了窗前。

这笛声的优美，不亚于当年桓伊所吹奏的《梅花三弄》，作一篇《长笛赋》就想起了汉朝的马融。

吹奏完毕了，不知道吹笛的人是否还在楼上，只觉得余音嘹亮还在空中飘荡。

赏析

这是一首描写笛声的诗篇。诗人运用多种修辞手法，生动地描绘了笛声的美妙，以及在听到悠扬悦耳的笛声后，内心所产生的感受。首联交代笛声的由来，颔联用响遏行云和随月入窗描写笛声的出神入化。颈联用典，以古事作烘托。尾联用余音绕梁表现出笛声让人痴迷与陶醉。全诗高度赞扬了吹笛人的非凡技艺，表现了笛声的强大感染力。

梅 花①

林 逋②

原文

众芳摇落独暄妍③，占尽风情向小园。

疏影横斜水清浅④，暗香浮动月黄昏⑤。

霜禽欲下先偷眼⑥，粉蝶如知合断魂⑦。

幸有微吟可相狎⑧，不须檀板共金樽⑨。

注释

① 此诗诗题又作《山园小梅》，共两首，这是其中一首。

② 林逋（967—1028），字君复。宋仁宗赐谥号"和靖先生"，北宋钱塘（今浙江杭州）人，他隐居在西湖旁边，无妻无子，爱植梅养鹤，人称"梅妻鹤子"。他的诗歌风格清新轻巧。

③ 众芳：百花。摇落：被风吹落。暄（xuān）妍：明媚艳丽。

④ 疏影（shū yǐng）：指梅枝的形态。

⑤ 暗香浮动：梅花散发的清幽香味在飘动。

⑥ 霜禽（shuāng qín）：冬天的禽鸟。偷眼：偷看。

⑦ 如知：如果知道。合：应该。

⑧ 微吟：低声的吟唱。相狎（xiāng xiá）：亲近玩耍。

⑨ 檀板（tán bǎn）：檀木的小板，用来打拍子，这里指唱歌。金樽

（zūn）：豪华的酒杯，这里指饮酒。

译文

百花凋谢，只有梅花迎着寒风昂然盛开，那明媚艳丽的景色，占尽了小园的风光。

梅花的影子疏疏落落，横斜在清浅的水中，清幽的芬芳，在黄昏的月光下浮动。

冬天的鸟儿想飞落下来，会先偷看梅花一眼，粉色的蝴蝶如果知道梅花有如此之美，一定会销魂失魄。

幸好我能吟诗浅唱，可以和梅花亲近，面对此景，不需要敲着檀板唱歌，也不要饮酒助兴就可以欣赏了。

赏析

林逋是北宋初期的著名诗人，他的字叫作"和靖"，人们称他"林和靖"。40岁后，他长期隐居在杭州西湖的孤山，一生没有娶妻，生性酷爱梅花，又喜欢白鹤，便种植了许多梅花，自谓"以梅为妻，以鹤为子"，所以有"梅妻鹤子"之称。他写了很多歌颂梅花的诗歌，本诗便是极具代表性的一首。

在这首诗中，诗人描写了梅花超凡脱俗的品格，表达了自己内心的隐逸情怀。诗的首联写通过与群芳的对比，衬托出梅花高洁傲岸的品格。颔联对梅花的形态、香气进行了描摹。颈联又通过霜禽、粉蝶的对比，来写梅花的迷人。尾联是对梅花的赞赏，同时表达出诗人不愿与世俗同流合污的高贵品格和内心孤芳自赏的情趣。

全诗写照传神、言近旨远，读来让人口齿留香，尤其诗中"疏影横斜水清浅，暗香浮动月黄昏"一联，为历代诗人所推崇，并成为咏梅诗中最脍炙人口的佳句。

自咏①

韩 愈

原文

一封朝奏九重天②，夕贬潮州路八千③。

欲为圣明除弊事④，肯将衰朽惜残年⑤。

云横秦岭家何在⑥，雪拥蓝关马不前⑦。

知汝远来应有意，好收吾骨瘴江边⑧。

注释

① 在《全唐诗》中，此诗题为《左迁至蓝关示侄孙湘》。左迁，降职，贬官。湘，韩愈侄孙韩湘，字北渚，此时27岁，尚未登科第，远道赶来从韩愈南迁。

② 封：奏章，呈给皇帝的意见书。朝（zhāo）奏：早晨送呈奏章。九重天：这里指朝廷、皇帝。

③ 潮州：今广东省汕头市潮阳县。路八千：指路途遥远。

④ 圣明：皇帝。弊事：有害的事。

⑤ 肯：岂能。衰朽（xiǔ）：年老体弱。惜残年：顾惜晚年的生命。

⑥ 秦岭：泛指陕西南部的山岭。

⑦ 蓝关：蓝田关，今陕西省蓝田县东南。

⑧ 瘴（zhàng）江：指岭南瘴气弥漫的江流。瘴江边：指贬所潮州。

译文

我早上把一封谏书上奏给皇帝，晚上就被贬官到路途遥远的潮州。

本来想替皇帝除去有害的事情，哪能因自己年老体弱就顾惜残余的生命。

回头遥望长安，看到的只是被浮云隔断的秦岭，我的家又在哪里？立马蓝关，秋雪拥塞，连马都踟蹰不前。

我知道你远路赶来应知道我此去凶多吉少，正好在潮州瘴气弥漫的江边把我的尸骨收殓。

赏析

韩愈一生以辟佛为己任，公元819年（唐元和十四年）正月，时任刑部侍郎的韩愈，呈上一篇《谏迎佛骨表》，陈述不应信仰佛教的观点，力阻唐宪宗"迎佛骨入宫内"，由此触犯了皇帝，差一点被定为死罪。后经裴度等人说情，才由刑部侍郎贬为潮州刺史。

潮州与当时的京都长安两地相距遥远，韩愈只身一人，无奈仓促上路，一路上艰难困顿可想而知。当他走到蓝田关口时，他的侄孙韩湘赶来陪他一路同行。韩愈此时内心十分凄楚，悲歌当哭，慷慨激昂地写下了这首名篇。

全诗融叙事、写景、抒情为一炉，抒发了诗人内心郁愤以及前途未卜的感伤情绪。

时世行①

杜荀鹤②

原文

夫因兵死守蓬茅③，麻苎衣衫鬓发焦④。

桑柘废来犹纳税⑤，田园荒尽尚征苗⑥。

时挑野菜和根煮⑦，旋斫生柴带叶烧⑧。

任是深山更深处⑨，也应无计避征徭⑩。

注释

① 时世：时代、世道。行：歌行，这里是诗歌的意思。

② 杜荀鹤（846—904），字彦之，号九华山人，唐末五代池州（今属安徽）人，相传他是杜牧的儿子，五代时官至翰林学士，诗风流畅浅易，以宫词最为著名。

③ 兵：战争。蓬茅：茅草盖的房子。

④ 麻苎（zhù）：即苎麻。鬓发焦：因吃不饱，身体缺乏营养而头发变成枯黄色。

⑤ 桑柘（zhè）：桑树和柘树，叶子可以养蚕。废：荒废。

⑥ 苗：青苗税，唐末一种附加税。

⑦ 挑：拣。和：带着，连。

⑧ 旋斫（xuán zhuó）：现砍。生柴：刚从树上砍下来的湿柴。

⑨ 任是：任凭，即使。

⑩ 无计：没有办法。征徭：赋税和徭役。

译文

丈夫因战乱死去，留下妻子困守在茅屋里煎熬，她穿着粗糙的苎麻衣服，两鬓枯黄，面容憔悴。

桑树和柘树都荒废了，再也不能养蚕了，却还要向官府交纳丝税，田园耕地全都荒芜了，却还要征收青苗税。

她经常挑些野菜，连根一起煮着吃，刚砍下的湿柴带着叶子一起烧。

即使你躲进比深山更深的地方，也没有办法逃脱赋税和徭役。

赏析

这首诗在《全唐诗》中题为《山中寡妇》。诗中通过对山中寡妇这样一个典型人物苦难命运的描写，透视当时社会面貌，反映底层劳苦人民饱受战乱赋役之苦，揭露了在统治阶级残酷的剥削和压榨下劳动人民的悲惨遭遇。全诗沉郁悲愤，富有浓厚的感情色彩，以及十分感人的艺术力量。

卷四 七言律诗

参考文献

［1］徐有富.千家诗赏析［M］.北京：人民文学出版社，2018.

［2］张立敏.中华经典诵读：千家诗［M］.北京：中华书局，2012.

［3］朗建.千家诗［M］.北京：中国少年儿童出版社，2015.

［4］陈超敏.千家诗评注［M］.上海：上海三联书店，2013.

［5］洪镇涛.千家诗［M］.上海：上海大学出版社，2012.

［6］徐有富.千家诗赏析［M］.上海：上海古籍出版社，2012.

［7］李梦生.千家诗全解［M］.上海：复旦大学出版社，2007.